巫女華伝

恋の舞とまほろばの君

岐川　新

20193

角川ビーンズ文庫

序章　風来《きた》る　8
一章　異彩《いさい》の皇子《みこ》　13
二章　玉響《たまゆら》の戯《たわむ》れ　53
三章　さやぐ橘《たちばな》　100
四章　夢か現《うつつ》か　148
五章　彼《か》は誰《たれ》　188
終章　風の行方《ゆくえ》　231
あとがき　246

巫女華伝
人物紹介
瑠璃《るり》
出水国《いずみのくに》を守る心優しき巫女。幼い時に母親を亡くし神さまを信じられずにいた。
紫苑《しおん》
見目麗しき大倭《やまと》王朝の皇子《みこ》。ノリは軽いが、長身で剣術に優れる。

翡翠《ひすい》
出水国《いずみのくに》の跡取りで、
瑠璃の従兄。
自分にも他人にも
厳しいが
瑠璃を大切に思い、
婚約者と噂される。

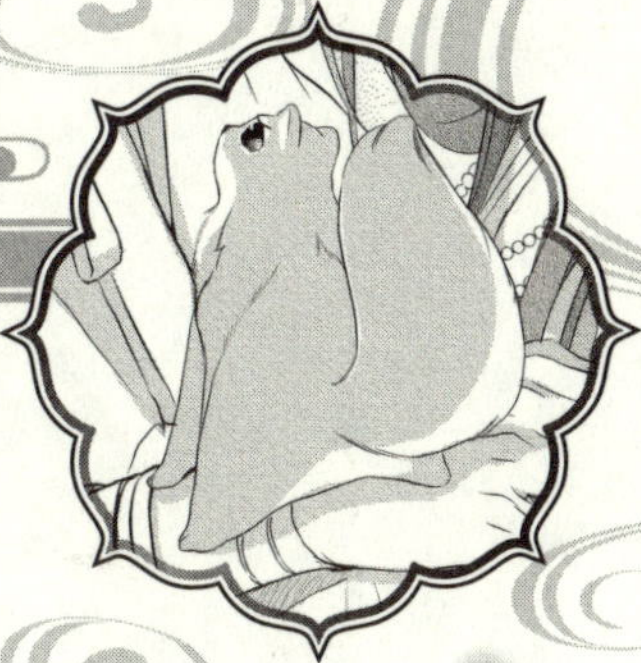

ソラ
もふもふの
モモンガ(♂)。
瑠璃が大好き！

琥珀《こはく》
紫苑の従者。
疾風《はやて》の一族の出。
無愛想で目つきが鋭い。

珊瑚《さんご》
紫苑の従者。
大友《おおとも》氏の出。
派手なおねえの
見た目だが、
剣の腕は一流。

本文イラスト／雲屋ゆきお

君立ちて　花香《かぐわ》しき　泉のほとり
その身時じくに　老ゆを知らず
八千代に我らを　守りたまふ

序章 風来《きた》る

ふと風が騒《さわ》いだ気がして、瑠璃《るり》は薬草を摘《つ》んでいた手を止め、顔をあげた。

「なに——？」

しかし、そこには悠々《ゆうゆう》と春の野が広がる、いつもの風景があるだけだ。

草原を渡《わた》ってきた風が戯《たわむ》れるように吹《ふ》きつけ、ひとつに結《ゆ》わえていた髪《かみ》を弄《もてあそ》ぶ。気のせいか、と軽く息をついて、乱れた髪に手をやった時だった。

もぞり、と懐《ふところ》がうごめいた。

「ソラ？」

気づいた動きに、瑠璃は胸元《むなもと》へ視線をおとした。衣《ころも》のあわせから、昼間は人の懐を寝床《ねどこ》にして眠《ねむ》っているモモンガのソラが顔をだす。

「どうしたの？」

こちらが動き回っていても多少のことでは動じない彼の、珍《めずら》しい行動に首を傾《かし》げる。

ソラは問いかけに反応することなく鼻をひくつかせて、さっと瑠璃の肩《かた》へと駆《か》けあがった。

「ソラ!?」

突然《とつぜん》なにごとかと、小さな姿を追って巡《めぐ》らせた視界が陰《かげ》る。

「え……、っ」

反射的に頭上を仰《あお》いだ瑠璃は短く息を呑《の》んだ。逆光になって見えないが、何者かがかがんだこちらをのぞきこむようにして立っていたのだ。

──……いつのまに？

こんな間近に立っているのに、まったく近づいてくる気配を感じなかった。

驚《おどろ》きに固まった瑠璃の肩で、ソラがしっぽを逆立て威嚇《いかく》音をあげる。

その音にはっと我に返った。

瑠璃は喉《のど》を上下させると、人影《ひとかげ》から視線をはずさないまま、そろりと立ちあがった。近すぎる距離《きょり》に二、三歩足をひく。それでも見上げなければならないほど、人影──男は大きかった。

「……どちらさま、でしょう」

硬《かた》い声音《こわね》で問いかけながら、瑠璃は男の全身へと視線を走らせた。

年のころは、今年十六の自分よりいくつか上といったところだろうか。

やや色素の薄《うす》い柔《やわ》らかそうな髪は、その短さもあいまって陽光に明るくきらめいている。

そんな春風のような印象とは裏腹に、瞬《まばた》きもせずこちらを見下ろす顔は凍《い》てつく冬空の月のように、冴《さ》え冴えとした冷たさを感じさせた。すっととおった鼻筋に、切れ長の双眸《そうぼう》、形のいい薄い唇《くちびる》、といった整った造作がなおさらそうした思いを抱《いだ》かせる。

しかし、瑠璃が注目したのは彼の格好だった。

男のまとう衣裳《いしょう》には、麻《あさ》や木綿《ゆう》など植物でできた布とは違《ちが》う、滑《なめ》らかな光沢《こうたく》がある。

――これは……もしかして、絹？

海のむこうから伝わり、都の有力氏族の間で広まっている新しい素材があると、小耳に挟《はさ》んだことがある。その布の特徴《とくちょう》が、ちょうど目の前の青年が身につけているものと一致《いっち》する。

さらに目をひくのが、腰《こし》にある剣《けん》だ。無造作に帯にさしこまれているが、ある程度の権力がなければ持って歩くどころか、手にいれることもできないだろう。

――この衣裳に、剣……都の、しかも相当身分のある人物ということ？

そんな青年が、都から遠く離《はな》れた出水《いずみ》の地に一体なんの用だというのだ。

「あの――？」

こちらを見つめるばかりの相手に、焦《じ》れた瑠璃が再び口を開く。と、青年は無言のままふいに手を伸《の》ばしてきた。

男の予想外の反応に、びくりと身を揺《ゆ》らす。頭にむかって伸びてきた大きな掌《てのひら》に、気圧《けお》されるように後退《あとずさ》ろうとした瑠璃は、

――あ、れ……？

奇妙《きみょう》な既視感《きしかん》を覚えて動きを止めた。

その隙《すき》を突《つ》くようにして、しなやかな指が触《ふ》れるか触れないかの手つきで額におちかかった

乱れた髪を払《はら》う。

一瞬呆気《いっしゅんあっけ》にとられたあと、瑠璃はさっと目元を染めた。

「！　な、にを…っ」

目つきをきつくして相手を睨《にら》みあげるが、すぐにその双眸を見開くことになった。

ふわり、と青年が笑ったのだ。

あたかも、凍《こお》りついていた大地にいっせいに花が咲《さ》き誇《ほこ》ったような、劇的な変化に目が釘《くぎ》づけになる。髪を払った手がそのまま頬《ほお》に添《そ》えられたことも、ほとんど意識の外だった。

「——ねえ」

ここへきてはじめて開かれた青年の唇から、甘やかな声が零《こぼ》れる。

「オレのこと、お婿《むこ》さんにしてくれる？」

だが次の時、その声が紡《つむ》いだ言葉に、瑠璃は耳を疑った。

いち時に襲《おそ》ってきた驚きの数々に頭が混乱する。かろうじて彼女の口から返ったのは、

「…………は、い？」

そんな一言だけだった。

一章　異彩《いさい》の皇子《みこ》

出水国《いずみのくに》、橘《たちばな》の里。

遠い昔、島国であるこの中ノ《なかの》国《くに》を支配した神・八《や》百《お》津国命《つくにのみこと》の宮殿《きゅうでん》があったとされる場所であり、今はその子孫が豪族《ごうぞく》として治める地を、珍しい客人が訪《おとず》れていた。

「遠い大倭《やまと》の地よりはるばる、ようこそまいられました。出水を代表して歓迎《かんげい》いたします、皇《み》子《こ》」

「歓迎する」と口では言いつつ、まったくその気のない父真《ま》朱《そお》の声を部屋の外で聞きながら、瑠璃はさきほどの出来事を思いだしていた。

「まさか、皇子だったなんて」

そう、出会い頭《がしら》に「婿にしてくれ」などと意味不明なことをのたまった青年は、今の大王《おおきみ》の——本人曰《いわ》く、五番目の——皇子だったのだ。

身分のある人物だろうとは思ったが、皇子というのはさすがに予想外だった。

中の様子をうかがうように耳をそばだてれば、壁越《かべご》しにもぴりぴりとした気配が伝わってくる。その空気の大本は、瑠璃たち一族と皇子たち一族の古《いにしえ》からの因縁《いんねん》にあった。

征服《旧王朝》された者と征服《現王朝》した者——という因縁は、今も深い溝《みぞ》として両者の間に横たわっている。特に前者の側にそれは顕著《けんちょ》だ。

現に、今は出水国の国造《くにのみやつこ》として、大倭に都を置く朝廷《ちょうてい》に代わりこの地の統治を任されている真朱だが、もとより中ノ国《ここ》は自分たちの国であるという自負が、言動の端々《はしばし》に見え隠《かく》れしている。

だが——

「——ばかばかしい」

気がつくと、ぽつり、と口から零れおちていた。

旧王朝の人間だから……八百津国命の血をひくから、一体なんだというのか。

「神さまが、なにをしてくれるっていうの」

冷ややかな声が耳に届き、その冷たさに自らはっとする。

慌《あわ》ててあたりを見回した瑠璃は、自分以外の人影がないことに胸をなでおろした。ほかならぬ自分がこんなことを言えば、問題になるのは目に見えている。

「気をつけないとね」

唯一《ゆいいつ》聞いていただろうソラに囁《ささや》いて、瑠璃は室内へと意識を戻《もど》した。

「長旅でお疲《つか》れでしょう、今日のところはゆっくりとお休みください」

「真朱どの、まだこちらの話が——」

例の皇子ではない、第三者の声が咎《とが》めるようにさし挟まれる。

「今、案内の者を呼びましょう」

「真朱どの！」

だが、意に介《かい》した様子もなく続けた父に、再び険を帯びた声があがった。

「――珊瑚《さんご》」

それを制するようにかかった柔らかな呼びかけに、ぴくりと瑠璃の肩が揺らぐ。

皇子――あの青年だ。

「今日のところは真朱どのの厚意に甘えるとしよう。――大王より出水国造へ剣を奉《ほう》ぜよとの命が下っているが、その話はまたの機会に」

「――っ」

言い分に従うと見せかけて、言わせないようにしていた内容をさらりと告げた皇子に、父が歯噛《はが》みしたのがわかった。

張りつめた沈黙《ちんもく》がおちたのち、

「瑠璃！」

壁のむこうから鋭《するど》い呼び声があがる。

きた、と瑠璃は驚くでもなく立ちあがると静かに歩を進めた。戸口の脇《わき》でいったん足を止め、奥へと声をかける。

「お呼びでしょうか」

「こちらの方々を部屋へご案内しろ。都からの客人だ、くれぐれも丁重《ていちょう》にな」

「かしこまりました」

口先ばかりの言葉に従って、瑠璃は室内へと足を踏《ふ》みいれた。途端《とたん》、こちらを見た皇子の顔がにこりと笑《え》む。

内心戸惑《とまど》いつつも表情にはだささず、瑠璃はその場に膝《ひざ》を折ると頭をさげた。

「娘《むすめ》です、この者が案内いたします。——瑠璃」

「瑠璃と申します。よろしくお願いいたします」

低い促《うなが》しを受け、挨拶《あいさつ》する。皇子を含《ふく》めた客人たちの視線が刺《さ》さるのを感じつつ、

「どうぞ、こちらへ。ご案内いたします」

瑠璃は立ちあがって踵《きびす》を返した。

「では」という言葉とともに皇子が腰をあげたのを合図に、控《ひか》えていた従者の二人も立ちあがる。それを横目でうかがいつつ、先に立って部屋をでた。

ひたひたと土間床《どまゆか》の廊下《ろうか》を歩く人数分の足音と衣擦《きぬず》れだけが、彼らとの間におちる。

——それにしても……。

別棟《べつむね》へと案内しながら、瑠璃はそっと背後を見た。すると、ずっとこちらを見ていたらしい皇子と目があい、再び微笑《ほほえ》まれる。

ぎくりとしつつ、瑠璃はなにげない素振《そぶ》りで視線を前へと戻した。

——おかしな三人連れ。

皇子を筆頭に、彼のうしろを並んで続く従者たちも変わっているとしか言いようがない。

そもそも皇子が皇子らしくないのだ。いや、風体《ふうてい》や身なりは黙《だま》っていたらいかにもそれらしいが……なぜ、目があうたびに笑いかけてくるのだろうか。

身近な男性といえば、父か従兄《いとこ》、よくて里の男たちくらいだが、彼らがあんな風に笑うさまなど見たことがない。厳《いか》めしい顔をしていることがほとんどだ。だからこそ戸惑うし、なにを企《たくら》んでいるのかと胡散臭《うさんくさ》く思えてしまう。

——思えるんじゃなくて、胡散臭い、が正しいのか。初対面であんなことを言ってくるような人。

思いだして、瑠璃はついっと眉《まゆ》を顰《ひそ》めた。

——そもそも、女連れで大王の使いにくるような人だもの。

大王の使いが——しかも五番目とはいえ仮にも皇子が、従者を二人しか連れていないのは意外だったが、もっと驚《おどろ》きなのはそのうちの一人が女性だということだ。

「女性、よね？」

口の中で呟《つぶや》いて、瑠璃は再度うしろへと目をやった。

一瞬判断に迷うのは、皇子やもう一人の従者と変わらないその長身だ。

女性というには大柄《おおがら》な身体《からだ》を真紅《しんく》の衣裳《いしよう》で包み、長く艶《つや》やかな髪《かみ》を頭の高い位置で結《ゆ》いあげている。そうしてあらわになった首元をとりどりの石が連なった首飾《くびかざ》りが彩《いろど》り、耳には耳環《じかん》、手首には釧《くしろ》（腕輪《うでわ》）と、全身を装飾品《そうしよく》が飾りたてていた。腰帯《こしおび》に挟《はさ》まれた剣《けん》が、唯一護衛らしいといえば護衛らしい。

そんな格好も派手なら、負けず劣《おと》らず華《はな》やかな顔立ちに口元のほくろが艶を添《そ》える美女が、憤懣《ふんまん》やるかたない様子で皇子の左うしろに続いている。

——ということは、さっき声を荒《あら》げていたのは……。

怒《おこ》っていても美人は美人だとその迫力《はくりよく》に気圧《けお》されつつ、瑠璃は彼女の隣《となり》——皇子の右うしろへ視線を移した。

こちらは色んな意味で美女とは対照的だった。

短く刈《か》りこまれた髪に、生成《きな》りの飾り気のない衣裳。腰にさされた無骨な剣も、まさに実用一辺倒《いっぺんとう》という感じだ。唇《くちびる》を固くひき結び、目つきも鋭くあたりの様子をうかがい、こちらも別の意味で威圧《いあつ》的な空気を隠そうともしていない。

そんな異色の二人を従えた笑顔の皇子、というのは、やはり胡散臭いと言うよりほかはなかった。

——あまり関《かか》わらない方が身のためね。

そう心に刻みつつ、瑠璃は三人を用意した客室へと導いた。

「滞在中《たいざい》はこちらをご自由にお使いください。ただいま手水《ちょうず》をお持ちいたします」

必要最低限のことを告げ、旅の汚れをおとすための水と布を用意しようと踵《きびす》を返す。と——

「なぁにあれ、無愛想《ぶあいそう》な娘ね。親が親なら子も子だわ！」

背後から聞こえてきた妙《みょう》に高い声に、足が止まった。

「——え？」

「なによ、文句でもあるの？」

思わず振《ふ》り返った瑠璃を、美女がきつい目つきですごんでくる。

「珊瑚」

咎め声をあげた皇子《みこ》に、まさか、と瑠璃は目の前の人物を凝視《ぎょうし》した。

「だって紫苑《しおん》さまぁ、ここの連中ときたら、てんで礼儀《れいぎ》がなってないんですもの」

「……お、とこ？」

あきらかに作った、女性にしては重い響《ひび》きのある声色《こわいろ》に、信じられない呟きが零《こぼ》れる。

途端、むけられた三対《つい》のまなざしに、瑠璃ははっと面《おもて》を伏《ふ》せた。

「申しわけございません。てっきり、その、女性の方だとばかり」

口調は女性だが、この声は女性のものではありえない。

さらに、皇子が『珊瑚』と呼びかけたことからしても間違《まちが》いない。てっきりもう一人の方だと思っていた、父に抗議《こうぎ》していた声が彼女……いや、彼のものなら、この『美女』は男以外のなにものでもなかった。

失礼な！　という叱責《しっせき》を覚悟《かくご》して頭をさげた瑠璃の耳に、

「――やだっ、小娘、かわいいこと言ってくれるじゃない」

高くはしゃいだ声と、はあ……と重たい溜息《ためいき》がふたつ届く。

「……？」

予想外の反応に恐《おそ》る恐る顔をあげると、しらけた目をした皇子が気づいて、からりと笑った。

「あぁ、アレのことは気にしなくていいよ」

「ですが、皇子さま」

紫苑さまったらひどい！　と騒《さわ》ぐ『美女』――珊瑚を完璧《かんぺき》に無視して、彼は困惑《こんわく》する瑠璃へとむき直った。

「紫苑」

「――はい？」

「オレのことは紫苑って呼んで？　都には『皇子』なんて掃《は》いて捨てるほどいるし。瑠璃にそんな風に呼ばれたくない」

「それは……」

遠慮《えんりょ》したい、という躊躇《ためら》いを見てとったのだろう。紫苑はにっこりと笑うと、瑠璃の腰へと腕《うで》を回してきた。

そのすばやさに避《よ》ける間もなく、間近へ迫《せま》った笑顔に硬直《こうちょく》する。

「！」

「紫苑――ね？」

皇子が小首を傾《かし》げるようにしてこちらをのぞきこみ、促してくる。

「あの、放し」

「ん？」

近すぎる距離《きょり》に身動《みじろ》ぐものの、有無《うむ》を言わさぬ笑みが逆らうことを許さない。呼ぶまで放す気がないのだと悟《さと》って、瑠璃は細く息をついた。

「――紫苑、さま」

「うん、どうしたの？」

嫌々《いやいや》ながらも口にすれば、紫苑は嬉《うれ》しげに目を細めた。

どうしたの、じゃなくて…っ、と知らず握《にぎ》りこんでいた手を震《ふる》わせた時、瑠璃の懐《ふところ》からさっと飛びだしてきた影《かげ》があった。

「おわっ、と」

紫苑が目を丸くして軽く身をひいたのに、「紫苑さま！」と鋭《するど》い叫《さけ》び声があがる。

「ソラ⁉」

影の正体に気づいた瑠璃が右肩《みぎかた》を見やると、そこには警戒《けいかい》もあらわに紫苑を睨《にら》みつける小さな姿があった。

「これは……モモンガ？」

「申しわけありません。わたしが世話をしている子で」

なにかを止《とど》めるように片手をあげてソラをのぞきこんだ紫苑に謝罪しつつ、視界の端《はし》に映った珊瑚ともう一人の従者の様子に顔をこわばらせる。

二人とも剣に手をかけ、今にも抜《ぬ》かんばかりの様相だ。実際、紫苑が止めなければこちらへ駆《か》けよっていたに違いない。

そんな三人の間に走った緊張《きんちょう》など知らぬげに、紫苑は「ふぅん」とソラへ顔をよせた。

「紫苑さま…っ」

さすがに瑠璃もそれには焦《あせ》る。

下手《へた》をしたらソラが彼に噛《か》みつきかねない。歓迎《かんげい》していないとはいえ、皇子に怪我《けが》をさせるのはまずい。

内心はらはらしていると、紫苑はふっと笑って腕を解くと瑠璃から身を離《はな》した。

「残念だけど、かわいい護衛が怖《こわ》いしね。――おまえたちもいいよ」

「紫苑さま！　そんな小ネズミ――」

汚《けが》らわしいものでも見るように瑠璃の肩口をねめつける珊瑚を、紫苑が一瞥《いちべつ》した。

「いいって言ってるのが、聞こえない？」

ひやり、とするような色のない声に、珊瑚がはっと身を揺《ゆ》らしたのがわかった。

「──申しわけありません」

剣から手を離した彼に、紫苑はわかればいいのだというように頷《うなず》く。その顔がこちらへむき直った時には、さきほどと変わらぬ笑《え》みが浮《う》かんでいた。

「ああ、そうだ。一応うちの護衛も紹介《しょうかい》しとくよ」

別に覚えなくてもいいけど、と気軽に告げながら、紫苑は珊瑚へ目をむけた。

「さっきから騒がしいアレが珊瑚。格好もしゃべり方もあんなだけど、立派な男だよ」

「やだぁ、紫苑さまったら！　ワタシは心は女の子なんだって、何度言ったら──」

「こんなでも一応大友氏《おおともし》の出で、腕はそれなりかなぁ」

すこし前のしおらしさはどこへやら、しなを作って文句をつける珊瑚を、紫苑はまるっと無視して続ける。

瑠璃はそうっと肩に手を伸《の》ばしてソラをなだめるようになでて懐へと戻《もど》しながら、二人を交《こう》互《ご》に見やった。

「大友氏……」

今の朝廷《ちょうてい》が大倭に都を築く前から彼らに従う一族で、軍事面においては一、二を争う有力氏族だ。

だからさっきの反応か、と得心すると同時に、その氏族の息子《むすこ》がこれか……となんとも言えない気分になる。

「で、こっちの無愛想なのが琥珀《こはく》」

「……」

自らがいかに『女』であるかを説き続ける珊瑚の声など聞こえないとでもいうように、紫苑がもう一人の従者の方へ身体《からだ》をむけた。

紹介された側もこんな騒ぎには慣れているのか、気にする素振《そぶ》りもなくこちらへ軽く頭をさげた。が、射貫《いぬ》くような双眸《そうぼう》は片時も瑠璃からはずれることがない。

「琥珀は疾風《はやて》の一族でって——こらこら、女の子にそんな怖い目むけてちゃだめでしょ」

ごめんね、こういうヤツだから気にしないで、と苦笑《くしょう》する紫苑に、瑠璃は小さく顎《あご》をひいた。

だが、その目は琥珀にむけられたままだ。

——これが、疾風。

疾風の一族は大友氏とは違い、現王朝に征服《せいふく》され、服従を誓《ちか》った一族だ。以来、反発する瑠璃たち一族とは逆に献身《けんしん》的に仕えていると聞いていたが、なるほど、と納得《なっとく》させられる姿だ。

そう思って見ていると、間にはいった紫苑に視界が遮《さえぎ》られる。ひとつ瞬《またた》いて彼に意識を戻すと、にこりと微笑《ほほえ》まれた。

「まあ、二人とも従者とはいっても、幼いころからの顔馴染《かおなじ》みで遠慮がないんだ。なにか失礼なことがあったら、すぐ言って？　叱《しか》っておくから」

「かしこまりました。皇《み》……紫苑さま方もなにかございましたらお言いつけください。それでは失礼します」

思わぬことに時間を食ったがここが退《ひ》き時だろう、と瑠璃は今度こそ紫苑たちの前から辞した。

とおりがかった家人に手水《ちょうず》の用意を申しつけ、自身は正殿《せいでん》へと戻るべく歩きはじめる。十分距離が空いたところで、ふうっと長嘆息《ちょうたんそく》が口を突《つ》いた。

気づかない間にずいぶんと気を張りつめていたらしい。

「本当に、おかしな人たち」

零《こぼ》した呟《つぶや》きに、キュッ、とソラがあわせから顔をだした。まるで同意するような、心配するようなそれに、自然と口元が綻《ほころ》ぶ。

「さっきは助けてくれて、ありがとう」

指先で頭をなでれば、ソラは気持ちよさそうに目を細めた。

そのさまに、ふふっと笑みが零れる。

「でも、あんまり危ない真似《まね》はしないで？　ソラになにかあったら、そっちの方が心配だもの」

のぞきこむようにして告げた瑠璃に、通じているのかいないのか、ソラが鳴き声をあげて再び懐へと潜《もぐ》りこむ。

わかってるのかしら、と笑みを苦笑に変えながら、「それにしても」とあわせの上から小さな体をぽんぽんとなでた。

「ソラのこと、ネズミだなんて」

失礼な、と不満がりつつ、正殿と別棟《べつむね》を仕切る板塀《いたべい》を抜け——瑠璃はぎくりと足を止めた。

出入り口のすぐ脇《わき》、塀《へい》によりかかるようにして立っていた人影《ひとかげ》があったのだ。

「——遅《おそ》い」

「翡翠《ひすい》兄さま……」

低い叱責《しっせき》に身が竦《すく》む。

いつからいたのか、そこにあったのは従兄《いとこ》の翡翠の姿だった。

「申しわけありません。従者の方々を紹介いただいておりました」

「余計な言葉は交《か》わすな。あれらと我々は相容《あいい》れない存在だということを、ゆめゆめ忘れるな」

「はい」

静かに首肯《しゅこう》した瑠璃に、翡翠は小さく息をついて背をむけた。首のうしろでひとつにくくられた髪《かみ》がゆらりと揺らぐ。

「いくぞ。長《おさ》がお待ちだ」

先に立って歩きだした広い背中を無言で追う。置いていかれないよう早足で続きながら、瑠璃は足音にまぎれるようにつめていた息を吐《は》いた。

額の上をそっとなでる。

この従兄の前では——いや、父と彼の前では、いつも緊張する。二人の醸《かも》す威圧《いあつ》的な空気が意識せずともそうさせるのだ。

幼いころに母を亡《な》くした瑠璃にほかに兄弟はなく、翡翠が兄代わりといえば兄代わりなのだが、五つ年が離《はな》れているせいか、遊んでもらった記憶《きおく》などはない。むしろ、物心ついたころにはすでに近寄りがたかった印象がある。そのころから父の跡《あと》継ぎと目されていた分、なおさらだろう。

——嫌《きら》われてるわけじゃないのは、わかってるんだけど。

きっと、今だって心配して様子を見にきてくれたのだ。自分にも他人にも厳しい人だから、ああいう言動になっただけで。

それに優《やさ》しい思い出だって、ないわけではない。

三度《みたび》息を零した瑠璃の脳裏《のうり》に、ふと都からきた三人の姿がよぎる。

「……ああいう男の人も、いるのね」

さきほどとは違《ちが》う気分で独りごちると、翡翠が肩越《かたご》しに視線をよこした。なんでもないというように首を左右にすれば、一瞬眉《いっしゅんまゆ》を顰《ひそ》められたが、特になにを言われることもなかった。

しかして二人が正殿へと足を踏《ふ》みいれると、そこにはいらだちを隠《かく》しもしない父真朱が待っていた。

「客人を別棟に案内してまいりました」

父の正面に腰《こし》をおろした翡翠の斜《なな》めうしろに控《ひか》える形で、命の遂行《すいこう》を報告する。

真朱は「うむ」とおざなりに応《こた》えると、「——して」と身をのりだした。

「大倭の小童《こわっぱ》は、なにか言っておったか」

「いえ、特には。ただ……お聞き及《およ》びかもしれませんが、従者のお二人は大友氏と疾風の一族の方だとか」

「ふん、所詮《しょせん》従者は従者、何者でもいいわ。——そもそも、だッ」

声も荒《あら》く言葉を切って、真朱は脇に置いてあった剣《けん》を鞘《さや》ごと摑《つか》むと、ドン！　と床《ゆか》へ突きたてるようにして叩《たた》きつけた。

「かつて、中ノ国は八百津国命——我ら一族のものだったのよ。そして、ここ出水こそが国の中心であった」

それは飽《あ》きるほど聞かされた、まだ中ノ国に多くの神々が住まっていた神話の時代の話だ。

「それを…っ」

だからこそ、唸《うな》る父の口から次にでてくるだろう言葉は簡単に予想がつき、瑠璃はでそうになった嘆息をぐっと押し殺した。

「照日大神《てるひのおおかみ》が、この地は我らが支配してやらねばならぬなどとほざきよってからに！」

現王朝の始祖たる照日大神は、空の上にあるという高ノ原《たかのはら》に住まうとされている太陽神だ。

その神がなにを思ったのか、自らの子孫を中ノ国の支配者として送りこんできたのである。

むろん地上の神々は反発した。が、天の神々との力の差は圧倒的《あっとう》で、八百津国命はそれ以上の争いを厭《いと》い、国を譲《ゆず》ることを決意。

こうして、中ノ国の支配権は八百津国命から照日大神の子孫へ、つまり瑠璃たち一族から現王朝へと移った——というのが、神話の伝える話だ。

とはいえ、地上から神々の息吹《いぶき》が薄《うす》れ、住まう者が神から人となった今でも、この出水の地には旧王朝としての誇《ほこ》りが根付いている……というより、固執《こしゅう》している。周辺地域への影響力《えいきょう》も莫迦《ばか》にはできない。

「それを、今度はなんだ、大倭の連中に剣を奉《ほう》ぜよだと？　寝言《ねごと》は寝て言えというのだ！」

父の言葉に、たしかに、と瑠璃は内心で頷《うなず》いた。政《まつりごと》や軍のことには詳《くわ》しくない自分にでもわかる。

剣——戦うための武器を朝廷《ちょうてい》に献上《けんじょう》する、ということは、争う意志がないのを体現すること。端的《たんてき》に言えば、服従の意を示すことだ。

要するに、いいかげん古《いにしえ》の誇りにしがみつくのを止《や》め、自分たちに平伏《ひれふ》せ、と言ってきているのだ。

出水が大倭王朝に従えば、影響力があるだけに周辺の国々もそれに倣《なら》う。朝廷はそう踏んで、おいそれと追い返すことのできない皇子を送りこんできたのだろう。

「大倭の連中め……ついに地方の力を弱めて、権力を中央に集める気か？」

「ほかの国にも同じことを要求しているのならば、その可能性は高いかと」

朝廷から『国造《くにのみやつこ》』という役職を与《あた》えられているとはいえ、実質は肩書きを冠《かん》しただけの地方豪族《ごうぞく》が各々《おのおの》の権限で国を治めている。せいぜいが決められた税を朝廷に納めているくらいだ。

その現状を朝廷が作り替《か》えようとしているのではないか——というのが、父と翡翠の意見らしい。

剣を奉ぜよ、の一言でそこまでわかるのか、と縁遠《えんどお》い話を聞くともなしに聞いていた瑠璃の耳に、翡翠の低められた声がはいってきた。

「どう、しますか」

剣を献上する、ということは、一から剣を打つということだ。

出水国の首長であると同時に、タタラ場を含《ふく》む鉄器作りのすべてをとり仕切る長でもある真朱は、跡継ぎの問いかけに太い眉をよせて唸った。

「剣はできあがり次第《しだい》献上する、と口先だけ言って追い返すこともできるが……ここで待つと言われたら厄介《やっかい》だな」

なにより口先だけでも従う意志を見せるのは業腹《ごうはら》だ、と渋《しぶ》い表情だ。

「ともかく、まだ正式に耳にいれたわけではない。しばらくは様子見だ」

「わかりました」

「おまえもわかったな、瑠璃」

唐突《とうとつ》に矛先《ほこさき》をむけられ、瑠璃ははっとしながらもそんな素振《そぶ》りは見せず面《おもて》を伏《ふ》せた。

「くれぐれも連中につけいられるような隙《すき》を見せるでないぞ」

「かしこまりました」

頭をさげながら、ふと思いだす。

――そういえば、婿《むこ》がどうのと言われたこと、伝えてなかった。

言った方がいいのだろうか、と逡巡《しゅんじゅん》したあと、まあいいか、と瑠璃は顔をあげた。

――きっと、単なるお遊びだろうし。

女性全般《ぜんぱん》にそうなのか、瑠璃を長の娘《むすめ》だと近くの里人に聞いた上で仕掛《しか》けてきたのかはわからないが、いかにも軽々しい感じのする男だったのは間違いない。

気にするほどのことでもない、と判断して、瑠璃は父たちの前をあとにした。――が、それが『気にするほどのこと』だったとわかるのに、さほどの時間はかからなかった。


橘の里にあって真っ先に目につくのは、高い高い、天にまで届くかと思われるようにそそり立つ巨大《きょだい》な神殿《しんでん》だ。

里のどこであっても——否《いな》、里から遠く離れた場所からでも視認《しにん》できるそれは、九本の太く長い柱と延々と続くような階《きざはし》からなりたっている。その長い長い階段をのぼっていった先に、反りのはいった茅葺《かやぶ》きの大きな屋根を持つ社があった。

その社に、瑠璃の姿があった。

ぴん、と張りつめた朝の空気の中、静けさとともに舞《まい》を舞《ま》う。髪《かみ》に橘《たちばな》の挿頭《かざし》を挿《さ》し、右手に榊《さかき》の枝を持って、円を描《えが》くように足を運ぶ。

派手な動きはない。

しかし、掲《かか》げられる榊、すらりと伸《の》ばされた腕《うで》に翻《ひるがえ》る袖《そで》——どの動きひとつとっても見惚《みほ》れるような優美さと、同時に自然と息をつめてしまうような凜《りん》とした品があった。

やがて舞を終え、拝礼した瑠璃は、神前を辞した。

一歩間違えば転げおちそうな階段をゆっくりとおりていく。最後の一歩が地面につくと、我知らずふっと息が零《こぼ》れた。

さて、と朝のお役目をすませ、屋敷《やしき》へ戻《もど》ろうとしたところで、

「おはよ、瑠璃」

ふいに背後からかかった声に、瑠璃は肩を揺《ゆ》らがせた。

この声は、と振《ふ》りむくと、階段の陰《かげ》から現れた人影《ひとかげ》があった。

「皇子《みこ》さま」

まさか朝一番からこんなところで顔をあわせるとは思っていなかった――というより、特別なことがないかぎり会うこともないと思っていた人物の登場に、さきほどの驚《おどろ》きもあいまって鼓動《こどう》が跳《は》ねる。

騒《さわ》ぐ胸を押さえつつ、それでも平静を装《よそお》って瑠璃は紫苑へとむき直った。

「おはようございます、」

「うん？」

皇子、と唇《くちびる》を動かしかけたところで、紫苑が笑顔《えがお》で首を傾《かし》げる。

「――紫苑さま」

無言の圧力を感じて言い換《か》えた瑠璃に、彼は満足げに笑みを深めた。

そんな様子に軽いだけではないなにかを感じるが、父や翡翠にも必要以上に関《かか》わるなと言われている。気づかないふりであたりさわりなく先を続けた。

「昨夜はゆっくりお休みになれましたか」

「うん、おかげさまでね」

「それはようございました。ところで、朝早くからこんなところでなにを？」

瑠璃の問いかけに、ああ、と紫苑は目の前の階を見上げた。

「昨日、とおりがかりに見かけたこれが気になって、散歩がてら見にきたんだ。そしたら瑠璃が舞ってるのが目にはいって――あんまり綺麗《きれい》で、見とれてた」

「……ここから？」

まっすぐむけられた賛辞に羞恥《しゅうち》や戸惑《とまど》いを覚えるより先に、小さく疑念が漏《も》れる。

陛下から自分の姿が視認できたというのか。いや、考えるまでもなく、長《おさ》の娘である自分に対する見え透《す》いたお世辞だろう。

瑠璃が一人得心すると、

「目はいいんだ」

見透《みす》かしたように微笑《ほほえ》みかけられる。

考えが読まれている上に、先の言葉が口からのでまかせなどではないと言われているようなそれらに、軽く動揺《どうよう》する。

「それにしても、お一人ですか？」

瑠璃は誤魔化《ごまか》すように、これもまた気になっていたことを口早に問うた。

見るかぎり、例の従者たちの姿はない。敵地とも言えるような場所で、あの二人が皇子を一人にするだろうか。ついでに、あそこには警護という名の、父のつけた見張りがいたはずなのだが。

「あの二人が一緒《いっしょ》だとめだつからね、置いてきた」

「そう、ですか」

あなた一人で十分めだつ、とか、それは彼らに黙《だま》ってでてきたということでは、とか、見張りはなにをしているのか、など思うことは多々あれど、すべて押し殺してかろうじてあいづちを返す。

そんな瑠璃に面白《おもしろ》そうな笑みを閃《ひらめ》かせたあと、紫苑は再度神殿を見上げて目を細めた。

「これが、八百津国命を祭《まつ》った社？」

「いえ――ぁ」

否定して、しまった、というように小さく声を漏らした瑠璃に、こちらへ首を巡《めぐ》らせた紫苑が不思議そうに瞬《またた》く。

「違《ちが》うの？」

どうせすぐにいなくなる相手だ、適当に頷《うなず》いておけばよかった……と心中悔《く》やみながら、渋々《しぶしぶ》口を開く。余計なことは言うな、と言われているがこれくらいは問題ないだろう。

「……これは拝殿《はいでん》といいますか、門です」

「門？」

「あの山自体が、命《みこと》の宮殿《きゅうでん》だと言われています。ここは、その出入り口にあたります」

説明しながら瑠璃は社のむこうにそびえる山を見やった。

照日大神の子孫の支配を受けるようになった今も、ここ出水ではこの地を守る神として八百津国命を祭っている。今もあの山から我々を見守ってくださるのだと、人々は日々祈《いの》りを欠かさない。

そんな神の住まう山《宮殿》ゆえに、この先は瑠璃たち一族でもおいそれと立ち入ることのできない区域になっている。――とはいうものの、自分の目にはただの山としか映らないが。

ついつい口元に皮肉な色が浮《う》かんだ時、「へぇ」という声が聞こえて、瑠璃ははっと我に返った。

「あの山がいわばご神体ってわけか。――で、瑠璃はその巫女《みこ》？」

「ええ、まあ」

思った以上に苦みを含《ふく》んだ響《ひび》きになる。思わず眉根《まゆね》をよせた瑠璃は、とりつくろうように言葉を継《つ》いだ。

「男は政《まつりごと》を、女が祭祀《さいし》を受けもつことはよくあることでは？　大王《おおきみ》の一族もそのようにうかがっています」

「あぁ、叔母上《おばうえ》が照日大神を祭る宮の斎宮《さいぐう》をしておられるね」

「だとしたら、わざわざ聞かれるまでもないかと」

舞をしているところを見たというなら、問わずともわかりきったことだ。

瑠璃のそっけない言動に、紫苑は腹をたてるでもなく、にこりと笑った。

「うん、だけど、好きな女の子のことはなんでも知りたいじゃない？」

さらりと言い放たれた耳馴染《みみなじ》みのない言葉に、一瞬《いっしゅん》ぽかんとする。

「『好きな女の子』？」

「うん」

「だれのことですか」

「なに言ってるの？　瑠璃しかいないじゃない」

いつのまにか目の前に立っていた紫苑をまじまじと見上げたあと、瑠璃は抑《おさ》えきれなかった溜息《ためいき》をついた。

「……そうですか」

「あ、信じてないでしょ。ひどいなぁ、昨日お婿《むこ》さんにしてって言ったのに」

「……」

嘆《なげ》く素振《そぶ》りの紫苑に、胡乱《うろん》な目をむける。

出会い頭《がしら》のアレの一体なにを信じろというのか。

「申しわけありません。やらなければならないことがありますので、わたしはこれで」

これ以上はつきあいきれない、とばかりに背をむけようとした瞬間、パシッと腕をとられた。

抵抗《ていこう》する間もなく、男の方へとひきよせられる。

「一目惚《ひとめぼ》れ」

耳元で囁《ささや》かれた甘い声に、背が震《ふる》える。

「——って言っても瑠璃は信じないだろうけど、好きっていうのは嘘《うそ》じゃない」

それは覚えといて——？

のぞきこんできた慈《いつく》しむようなまなざしに、息を忘れた。

対応の追いつかない頭で半ば茫然《ぼうぜん》と立ちつくした瑠璃に紫苑はふっと笑うと、「またね」と踵《きびす》を返す。

目で追う背中が、振《ふ》り返ることなく遠ざかっていく。袖越《そでご》しに掴《つか》まれた腕《うで》だけが、やけに熱かった。


なんだったのかしら、あれ……。

冷静になってみれば、あんな軽々しい言葉のどこを信じろというのか、という気持ちに変わりはない。

しかし一方で、あの時紫苑が見せた双眸《そうぼう》に宿った色が、心のどこかにひっかかってもいた。

ただ、なにかを思い悩《なや》もうと朝からぐったりした気分になろうと、やることも時間も待ってはくれない。

「――祓《はら》え給《たま》い清め給う」

祝詞《のりと》を唱え終え、祭壇《さいだん》にむかって深々と拝礼する。

静かに息をつくと、瑠璃は座ったまうしろへとむき直った。そこには赤い顔で乱れた呼吸を零《こぼ》す小さな男の子を抱《だ》きかかえた、母親の姿があった。

「こちらを持ち帰って、御山《みやま》の方角へ奉ってください。あとはこれを」

神の霊力《れいりょく》が宿るとされる榊《さかき》を女性へ手渡《てわた》し、あらかじめ用意していた包みも彼女たちの前へと滑《すべ》らせる。

「煎《せん》じて朝晩碗一杯《わんいっぱい》を飲ませてください」

「ああ……ありがたいことでございます」

女性が安堵《あんど》したように深々と頭をさげた。

「巫女さまにご祈禱《きとう》してもらったからね、すぐによくなるよ。——本当にありがとうございました」

「いえ」

子どもに笑いかけながら何度も礼を言う母親の姿に、苦いような、うしろめたいような、複雑な感情がこみあげてくる。

瑠璃はそれを顔にださないよう、ことさらに無表情を貫《つらぬ》いた。

母親の方はそんな彼女の様子を気にした風もなく、ぺこぺこと頭をさげながら子どもと榊を手に立ちあがりかけ、あ、と包みに目をやった。

「あぁ、わたしが」

この上、包みをとるのは大変だろうと、瑠璃は代わりに手にして腰《こし》をあげた。どうぞ、と立ちあがって子どもを背負い直した母親に手渡す。

「ありがとうございます。巫女さまにいただく薬草は、本当に御利益《ごりやく》があって」

「……早くよくなるといいですね」

それは薬草の効果であって御利益とは関係ない、と喉元《のどもと》まででかかった言葉を呑《の》みこみ、そう告げる。

するとは、彼女はなにかを思いだしたようにこちらを見た。

「そういえば……見慣れない殿方《とのがた》がおられましたけど」

「——都からの客人です。なにかされ……いえ、ありましたか？」

一瞬動きを止めたあと注意深くうかがった瑠璃に、母親は戸惑《とまど》いを浮かべた。

「あったといいますか……ここへうかがう途中《とちゅう》にお会いして、その、この子を代わりに負《お》ぶってくださったんです。大変だろうって、どうせむかう場所は同じだからって」

「そうでしたか」

「別れ際《ぎわ》に、早くよくなるといいね、とこの子のことも気遣《きづか》ってくださって」

短い間会っただけだが、あの従者たちがそんな真似《まね》をするとは到底《とうてい》思えない。だとしたら、皇子《みこ》で間違いないだろう。

——まただ。

この手の話を聞かされるのは、実ははじめてではない。先に訪《おとず》れた老婆《ろうば》は、馬を連れた皇子と行き会い、馬の手入れがしたいから、とそれはそれは丁寧《ていねい》に近くの水場を尋《たず》ねられたという。

都からの客人というからどんなえらそうな連中かと思ったら、といたく感心していた。

家人の中にも、気さくに声をかけてもらえたと、当初の警戒《けいかい》半分怯《おび》え半分の態度はどこへやら、頰《ほお》を染めて語る女人《にょにん》が一人ではないというから驚《おどろ》きいる。

案の定というか、この母親も「ああいう殿方もいらっしゃるんですね」と彼に対して好感情を抱《いだ》いたようだ。

それでは失礼いたします、と去っていった母子を見送って、瑠璃は深く息をついた。

「ずいぶんと好き勝手に出歩いているようだけれど」

ね、と同意を求めるように胸元《むなもと》を見やって、ああそうだった、と別の意味で嘆息《たんそく》する。

そこにソラがいることに慣れてしまって、姿がない時でもついいる気になってしまう。ほとんど眠《ねむ》っているだけとはいえ、さすがに巫女の勤めの最中も懐《ふところ》にいれておくわけにはいかず、部屋においてきたのだ。

思いだすと小さな温《ぬく》もりがないことが、急に心細くなる。

母子の去った場は静謐《せいひつ》と言えば聞こえのいい、どこか寒々しい静けさがあった。

屋敷《やしき》の一角、祭壇が設けられたここで、瑠璃は巫女として神の加護を求める里人の訪《おとな》いを受けていた。通常、あの神殿《しんでん》に彼らが立ち入ることはできないからだ。

困りごとや願いごとに対する祈願もあるにはあるが、主に穢《けが》れを祓う——つまりは、降りかかった災《わざわ》いから身を清めるために里人たちはここを訪れる。中でも多いのは、さきほどの子どものように怪我《けが》や病を抱《かか》えている人々だった。

だが、神に願ったところで怪我や病が治りはしない――。

瑠璃はだれよりそれを知っていた。

だからこそ、人々に感謝を捧《ささ》げられるたび、胸が軋《きし》むような心地《ここち》を覚えるのだ。

瑠璃は胸にわだかまるものを振り払《はら》うようにして外へ声をかけた。

「次の方は？」

「さきほどの者で最後です」

返った応えに、そう、と頷《うなず》いて、逃《に》げるように祭壇の前をあとにする。

「では、わたしはさがります。――そうだ、翡翠兄さまがどこにいらっしゃるか、知っている？」

そそくさと立ち去りかけ、足を止める。

一応、皇子のことを従兄《いとこ》の耳にでもいれておいた方がいいだろう。

「翡翠さまでしたら……」

「――私がどうかしたか」

回答がある前に背後から響《ひび》いた声に、瑠璃は振り返った。

「翡翠兄さま。すこし、気になる話を耳にしましたので」

「ちょうどいい、私もおまえに話がある」

翡翠がくいっと顎《あご》を動かす。ついてこい、ということらしい。

うしろについて歩きだしてしばらく、あたりから人気《ひとけ》がなくなると、翡翠は足を止めないまま口を開いた。

「気になる話とは？」

「すでにお聞き及《およ》びかもしれませんが、大倭の皇子は朝からずいぶんと里の中を出歩いているようです。声をかけられたという者も、幾人《いくにん》か」

「そうだな、私も聞いた」

おもむろに立ち止まった翡翠が、くるりと瑠璃の方へむき直った。自分を見下ろす双眸がすっと細められる。

「朝、神殿のところでおまえがあの皇子と一緒《いっしょ》にいたのを見た者がいる、とな」

「！　それ、は……」

瑠璃は思わず目を伏《ふ》せた。

「別に、おまえから進んで会っていたとは思わない。だが、どうしてすぐに長《おさ》なり私なりに報告しなかった」

「申しわけ、ありません」

昨日同様、わざわざ言うほどのことでもない、と思ったのもたしかだった。が、それ以上に自分でも整理がつかなかったのだ――自身の心も含《ふく》めて。

だったら報告して判断を仰《あお》ぐべきだったのだろうが、あの時垣間見《かいまみ》たまなざしがなぜかそれを躊躇《ためら》わせた。さらには、躊躇う自分がわからなくてなおさら口が重くなる、という悪循環《あくじゅんかん》に陥《おちい》っていた。

はあ、と頭上におちた溜息《ためいき》に、頬がこわばる。

「……瑠璃、あの皇子に心を許しているわけではないだろうな？」

「まさかっ」

とっさに顔をあげると、目元を緩《ゆる》めた翡翠が、ならばいい、とばかりに顎をひいた。

「昨日も言ったように、大倭の人間は我々にとっては敵、相容《あいい》れない存在だ。八百津国命の巫《み》女《こ》であるおまえはなおのこと、それを肝《きも》に銘《めい》じておかねばならない」

いいな、と念押しされれば、頷かないわけにはいかない。

「もっと巫女としての己《おのれ》の立場に自覚を持て。軽々しい言動がこの里に、ひいては出水国に影《えい》響《きょう》を及ぼすことになるのだとな」

重ねて言い置いてむけられた背を見送りつつ、瑠璃はさきほど溜息がおちたあたりをそろりとなでた。

「あの人のせいで、とんだとばっちりだわ」

昨日はもう関《かか》わることもない、と思っていたが、極力関わらないようにしよう、と改めて決意する。

が——。

「おはよ、瑠璃。今日も綺麗《きれい》だね」

——また、いる……。

神殿の階《きざはし》をおりきったところでにこにこと待ち構えていた紫苑に、瑠璃はそれとわからない程度に肩《かた》をおとした。

あの日した、『関わらないようにしよう』という決意は、翌朝には脆《もろ》くも崩《くず》れ去った。朝の勤めを終えて神前をあとにした瑠璃が目にしたのは、前の日と同じ場所に立つ紫苑の姿だった。以来毎朝、彼は瑠璃が上からおりてくるのをここで待っているのだ。ほかに行き来する手段がない以上、どうしたって避《さ》けようもない。

「またいるんですか。というか、いつまでこの里にいらっしゃるんですか」

いい加減、対応もぞんざいになろうというものだ。——当の紫苑は「よそよそしさがなくなってきた」と喜んでいるが。

ただ、すべてがあの朝と同じ、というわけでもなかった。

「こっちだって、いたくているわけじゃないわよ。あんたの父親が紫苑さまと会おうとしないんじゃないの。のらりくらりと返事をはぐらかしちゃって、まったく。そんなこと言うくらいなら、小娘《こむすめ》、あんたがどうにかしてくれるかしら」

そう、最初の日を除いて、必ず珊瑚か琥珀のどちらかがついてくるようになったのだ。皇子の護衛も兼《か》ねているからには当然だろうし、琥珀の場合はまだいい。常に周囲に目を配り、瑠璃に対しても警戒を隠《かく》しもしないが、せいぜいがこちらを睨《にら》み据《す》えている程度だ。

問題は珊瑚だった。

「そもそもあんた、綺麗だとか言われて調子にのってるんじゃないでしょうね？　あんた程度の女、都にはごろごろしてるんだから」

こうして毎度食ってかかってくるのだ。

「珊瑚、うるさい」

「そんなっ、ワタシは紫苑さまのためを思って――」

「照日大神じゃないとはいえ、ここが神の御前《ごぜん》であることには変わりないよ」

黙《だま》るどころか、心外だと顔に浮《う》かべてさらに言い募《つの》ろうとする珊瑚を、紫苑がぴしゃりと遮《さえぎ》る。

その言い分に、瑠璃は軽く目を見開いた。不承不承口を閉《と》ざす珊瑚を見つつ、そうか、と得心する。

――だからこの人は、上にあがってこようとはしないんだ。

いつもいつも階段をおりきってから声をかけてくる彼を、すこし不思議に思っていた。興味にあかせて神殿《しんでん》にのぼることくらいしそうな質《たち》に見えたからだ。

そうなればまた厄介《やっかい》なことになるのは目に見えていたので内心冷や冷やしていたのだが、杞《き》憂《ゆう》だったらしい。

こういう考え方をする人なんだ、と意外な思いで紫苑を見つめると、視線に気づいたのか嬉《うれ》しそうに笑いかけられる。

――いけない。

うっかり感心しかけていたことに気づいて、さっと目をそらす。翡翠にも軽々しい行動を慎《つつし》むよう、注意されたばかりだ。

瑠璃はそのまま彼らを置いて歩きだした。

彼の行為《こうい》に迷惑《めいわく》しているのに違《ちが》いはないのだ。そもそもよく知りもしない相手に一目《ひとめ》惚《ぼ》れだ、好きだとつきまとうなど裏があるとしか思えない。

一方で、自分ばかりが振《ふ》り回されている状況《じょうきょう》に、心が細波《さざなみ》立つ。

「今日はこれからどうするの?」

「紫苑さまには関係のないことですから」

こちらは急ぎ足なのにもかかわらず、紫苑はゆったりとあとをついてくる。そんなことにも自分と彼の余裕《よゆう》の差を感じてそっけなく応えれば、彼は「んー…」とこたえた様子もなく横に並んだ。

「関係あるなしじゃなくて、好きな子のことはなんでも知りたいじゃない？」

それに、といたずらめいた表情を閃《ひらめ》かせて、のぞきこまれる。

「お婿《むこ》さんになったら、関係なくなくなるかもだし」

「……っ」

まるで、良くも悪くも揺《ゆ》さぶられる心を見透《みす》かして追い討《う》ちをかけてくるような紫苑に、瑠璃は気圧《けお》されたように顎《あご》をひいた。

「婿？……って、まさかこの小娘の⁉　やだっ、冗談《じょうだんや》は止めてください。第一、紫苑さまにはワタシっていうものが――」

背後で再び珊瑚が騒《さわ》ぎだしたが、雑音として耳を右から左へとおりすぎていく。ただその中に、改めてひっかかった響《ひび》きがあった。

「――婿」

無意識のうちに立ち止まって呟《つぶや》いた瑠璃に、紫苑が「なになに」とつめよってくる。

「してくれる気になった？」

わくわくとこちらを見つめる彼を、じっと見返す。

真朱の子どもは娘の瑠璃一人だ。畢竟《ひっきょう》――

――わたしの婿になるということは、この国の跡継《あとつ》ぎになる、っていうことよね。

そして、紫苑は大倭の皇子《みこ》だ。彼が自分と結婚《けっこん》するということは、出水国は紫苑のものになるということで、ひいては現王朝のものになるということだ。

――これが、狙《ねら》い？

世間知らずの若い娘なら、甘い言葉を囁《ささや》けばころりとおちる、とでも思われたのだろうか。くどいほどに釘《くぎ》を刺《さ》した翡翠もまた、それを警戒《けいかい》していたのだろうか。

「……」

瑠璃は袖口《そでぐち》に隠れた手をきゅっと握《にぎ》りこむと、紫苑を避けるようにして止まっていた歩みを再開させた。

「父にはすでに跡継ぎがいますから」

遠回しに『婿は必要ない』、すなわち『あなたと結婚などしない』と告げた瑠璃に、隣《となり》をついて歩きながら紫苑がおもむろに首を傾《かし》げた。

「それは……お嫁《よめ》にきてくれるってこと？」

「な…っ!?」

予想の斜《なな》め上をいった回答に、ぎょっとする。

「なぜそうなるんですか！」

「ええー」

自分でも驚《おどろ》くほどの声をあげた瑠璃に紫苑は不服そうに零《こぼ》したあと、

「まあ、一緒《いっしょ》にいられるならオレはどっちでもかまわないんだけど」

一転、からりと笑った。

「それはそうと、跡継ぎっていうと、あのキミの従兄《いとこ》の？」

「……はい」

一連のやりとりにどっと疲《つか》れが襲《おそ》ってきて、瑠璃は力なく頷《うなず》いた。

「ってことは、彼が瑠璃の？」

「まだ、正式ではありませんけれど」

濁《にご》された語尾《ごび》を的確に読みとって、これにも首肯《しゅこう》したものの、正確に言うとそれも違う。

だれにしかと言われたわけでもない。しかし、父の跡継ぎと目される翡翠と一人娘である瑠璃との結婚は、里の中では暗黙《あんもく》の了解《りょうかい》とされていた。

ふーん、と感情の読めない声で呟いて、紫苑がこちらを一瞥《いちべつ》する。

「あんな無愛想《ぶあいそう》な男より、オレの方がいいと思わない？」

無愛想って……と瑠璃は軽く眉《まゆ》をよせた。

むしろ翡翠は普通《ふつう》だ。規格外はそちらだろう、と言いたいのをぐっと呑《の》みこむ。

「……たしかに厳しい人ですが、わたしや国を思ってのことですから」

その証拠《しょうこ》に、気分次第《しだい》で言を翻《ひるがえ》したり、理不尽《りふじん》なことを言ったりはしない。危険がないよう、間違った方へいかないよう、常に見守ってくれているからこそできることだ。

それを息苦しく感じないわけではないが……。

「それに、優《やさ》しいところもある人です。母が病の時、励《はげ》ましてくれたり」

遠い思い出を手繰《たぐ》るように、瑠璃は頭へそっと手をやった。

「――そう」

「？」

ふとまとう空気が変わった気がして、隣を見る。だが、あったのはいつもの笑顔《えがお》だった。

「じゃあ、オレももっと頼《たよ》りがいのある男にならなきゃね」

「え――」

瑠璃が虚《きょ》を衝《つ》かれている間に、うんうんと一人頷いた紫苑が「早速《さっそく》ちょっとがんばってくるよ」と離《はな》れていく。

はっとした瑠璃はとっさに手を伸《の》ばした。

「待っ……そういうことでは」

ない、と解こうとした誤解は、意気揚々《いきようよう》と遠ざかる背中に届かず、虚《むな》しく地面におちる。極《ごく》彩色《さいしき》の珊瑚だけが髪《かみ》を揺らして振り返り、鋭《するど》くこちらを睨みつけると主《あるじ》のあとを追って去っていく。

瑠璃は宙を摑《つか》んだ指先を握ると、のろのろと腕《うで》をおろした。

「がんばるって、なにをするつもりなの……」

話が通じない、と頭を抱《かか》えたい気分でこめかみを押さえる。

遠回しに穏便《おんびん》におさめようとせず、もっとはっきり言うべきだったのだろうか。

「本当、おかしな人」

疲れたように零すと、瑠璃は屋敷《やしき》へと戻《もど》っていった。

二章　玉響《たまゆら》の戯《たわむ》れ

「このあたりでいいかな」

瑠璃は背負っていた籠《かご》をおろし、袖を捲《まく》ると持ってきた鍬《くわ》を握り直す。

少々危なっかしい腰《こし》つきで振《ふ》りあげ、紫草《むらさきそう》が生《お》い茂《しげ》る地面へと振りおろした。ザク……と返る乏《とぼ》しい手応《てごた》えにもめげず、二度三度と鍬を振るう。

そうしてある程度掘《ほ》り返したところで、鍬を離し、紫草の茎《くき》を握った。

「秋にもうすこし採っておいたらよかったんだ、けど…っ」

力をこめて、根っこごとひき抜《ぬ》く。野に力強く根を張った植物を採取するのは、それだけで重労働だ。

よしよし、と綺麗《きれい》に抜けた根に頷きながら、軽く土を払《はら》ってとりあえず邪魔《じゃま》にならないところへよけておく。

「――ちょっとくらい手伝ってくれてもいいんじゃない？」

気持ちよさそうに寝《ね》ちゃって、とこれだけ動いていても眠《ねむ》ったままのソラに苦笑《くしょう》しつつ、瑠璃は次へと移った。

紫草は名前のとおり、布や糸を紫色に染める染料《せんりょう》となる草だ。しかし、その根には熱をさげたりする薬効もあった。

通常、地表部分が枯《か》れた秋に十分育った根を採取して乾燥《かんそう》させておくのだが、今年は冬に咳《しわぶき》の病にかかる者が多く、例年の量では心許《こころもと》なくなってしまった。先日、男の子に処方した際に気づき、足りなくなる前に、と折をみて採りにきたのだ。

春の日ざしの中、額の汗《あせ》を拭《ぬぐ》いながら茎を握る。

「く…っ」

ひっぱっても抜けない根に瑠璃の眉根がよった。

相当深く根が張っているのか、鍬をいれたにもかかわらずびくともしない。

諦《あきら》めて次にいくか、改めて鍬で掘り起こすか、と考えつつ、足腰にぐっと力をこめる。と――ふわりと覆《おお》い被《かぶ》さってきた温《ぬく》もりと影《かげ》があった。

「え……？」

唐突《とうとつ》な出来事に、思わず固まる。

そんな瑠璃を知ってか知らずか、それらの持ち主は、

「ほら、いくよ」

大きな手で瑠璃の手のすぐ下あたりの茎を握《にぎ》ったかと思うと、ぐいっとひっぱった。その大きさに見合った力が加わった紫草は、さきほどの奮闘《ふんとう》はなんだったのかと思うほどあっさりと

抜ける。

「きゃ…っ」

あまりの呆気《あっけ》なさに力を抜く間もなかった瑠璃は、反動でうしろへと倒《たお》れかかった。

「おっと」

だが、地面にひっくり返るより先に、固いものに背中を受け止められる。

「大丈夫《だいじょうぶ》？」

目を白黒させる瑠璃を上からのぞきこんできたのは、紫苑だった。

しばし啞然《あぜん》とその顔を見つめていると、「おーい」とひらひらと目の前で掌《てのひら》が振られた。

つられるように瞬《まばた》きをした瑠璃は、さらに一拍《いっぱく》置いて、うしろから覆い被さられるようにして彼に抱《だ》きこまれていることに気がついた。

「……っ」

途端《とたん》、かあっと顔に血が集まってくるのがわかった。

こんな距離感《きょりかん》で男の人と接したこともなければ、直《じか》に体温を感じたこともない。狼狽《ろうばい》と羞恥《しゅうち》で頭の中が真っ白になる。

それでもかすかに残った理性で、瑠璃は前にもうしろにも逃《に》げ場のない状況《じょうきょう》においてその場へとしゃがみこんだ。

——なに、これ……どうして、こんなことに⁉

赤くなっているだろう顔を掌で覆う。一から整理しようにも思考が空回り、簡単なことのはずなのにうまくまとまらない。

その時、キュッ、と耳に届いた鳴き声に、瑠璃はわずかに掌を顔から浮《う》かせた。下へ視線をむけると、さすがに今の騒《さわ》ぎで目覚めたのだろうソラがあわせから顔をのぞかせていた。

どうしたの？　とでもいうように鼻をひくつかせるソラに、ふっと表情が緩《ゆる》む。

瑠璃はともかくおちつこうと大きく肩《かた》で深呼吸した。

「――紫苑さま？」

「うん」

恐《おそ》る恐る呼びかければ、思ったよりも近くから声が返る。そろりと掌から顔をあげると、同じようにしゃがみこんだ紫苑の姿が身体《からだ》ひとつ分むこうにあった。

さっきの今でさすがに動揺《どうよう》を隠《かく》せないながら、これ以上醜態《しゅうたい》は晒《さら》せないと瑠璃はもう一度深く息を吸いこんだ。

「どうして、ここに？」

「うん？　里で聞いたらここじゃないかって言われたから。――大変そうだったから手伝おうとしたんだけど、驚《おどろ》かせちゃったみたいだね」

ごめん、と眉尻《まゆじり》をさげた紫苑に、瑠璃は、いえ、と首を横に振った。

さすがにそう言われて文句をつけるほど、恥知《はじし》らずにはなれない。……もうすこし別のやりようがあっただろう、と思わないではないけれど。

「ありがとう、ございます」

「どういたしまして……って、お礼にはまだ早いんじゃない？　それにお礼なら——」

言いながら伸《の》ばされた紫苑の手に、なんだろうと双眸《そうぼう》を瞬《また》かせる。

そうして、彼の指先が頬《ほお》に触《ふ》れる寸前、キッ、とソラが声をあげた。

「ソラ？」

つられるように顔を俯《うつむ》けた瑠璃とは反対に、ソラがたっと肩へ駆《か》けあがってくる。え、と思ううちに、彼はこちらへと伸ばされた紫苑の手へと飛び移っていた。

「——っと」

「ちょっ、ソラ⁉」

突然《とつぜん》のことに紫苑が目を瞠《みは》り、瑠璃は反射的に手を伸ばした。が、ソラはその指をすり抜け、紫苑の腕《うで》を駆けのぼっていってしまう。

「待ちなさい、ソラ！」

慌《あわ》てて腰を浮かせるが、当のソラは遊びとでも思っているのか、戻ってくる気配がない。

「すみません、紫苑さま。すぐに捕《つか》まえますから」

「あー……うん」

さすがに困ったように紫苑が笑う。動いていいものか量りかねたように彼がじっとしているのをいいことに、ソラは肩から頭へと器用によじのぼっていく。

「なにしてるの……！」

瑠璃はぎょっとして、悲鳴混じりの声をあげた。

慣れない紫苑に噛《か》みつきでもしたら、と思っていたが、これもまたありえない粗相《そそう》だ。

「こらっ」

こうなるとなりふりかまってはいられず、瑠璃は焦《あせ》ってソラを捕まえようとした。

小さな体を捕《と》らえようとした両手は、またもすり抜けられて虚《むな》しく空を切る。どころか、勢い余ってつんのめり、危《あや》うくしゃがんだままの紫苑へ倒れこみそうになる。

とっさに彼の肩に片手をついて身体を支えた瑠璃は、弾《はじ》かれたように手を離《はな》した。

「ご、ごめんなさい！」

「大丈夫？」

さっと青ざめるが、粗相を責めるでもなく苦笑した彼に、かあっと顔が熱くなっていく。

恥《は》ずかしさと焦りで目元を赤くしつつ、瑠璃はこちらの心情など知らぬげに反対側の肩から顔をのぞかせたソラへ恨《うら》めしげな視線を投げた。

「もうっ、遊んでるんじゃないんだから」

わかっているのかいないのか、ソラがキュッと鳴いて首を傾《かし》げる。

「ソラ！」

完全に遊ばれている体《てい》の瑠璃が躍起《やっき》になって手を伸ばそうとしたところへ、

「くっ……ははっ」

こらえきれなかったように紫苑の笑い声が弾けた。なにごとかと驚いて身を退《ひ》いた瑠璃に、彼は肩を震《ふる》わせながらおもむろに立ちあがった。

「ごめんごめん、かわいくってつい」

「かわ――」

自分としては必死だっただけに言葉を失った瑠璃を尻目《しりめ》に、紫苑は無造作に肩口へと手をやった。

「とはいえ、お姫《ひめ》さまを困らせるのは感心しないな」

そのままひょいっとモモンガを片手で摑《つか》みとる。だが、それでおとなしくしているようなソラではなかった。

「ぃてっ」

己《おのれ》を摑む紫苑の指へ齧《かじ》りついたソラに、熱かった顔から一気に血の気がひいた。

「ソラ……！　申しわけありません、紫苑さまっ」

「お、生意気な、やるか？」

しかし、紫苑は腹だち任せにソラを放《ほう》り投げることも、瑠璃に突《つ》き返すこともなく、むしろ楽しげに笑ってモモンガの小さな額を指先で弾いた。

ソラが対抗《たいこう》するように、キキッと鳴き声をあげる。

「もとはといえば、瑠璃を困らせるそっちが悪いんでしょ？」

ソラの顔をのぞきこむようにして告げる紫苑は、まるで本当に会話をしているかのようだ。

想定外の事態に呆気にとられた瑠璃だったが、その微笑《ほほえ》ましさに、くすり、と我知らず笑いを零《こぼ》していた。

ん？　と気づいたように振《ふ》り返った紫苑に、

——！　わたし、今……。

笑っていたことに遅《おそ》まきながら気づいて、瑠璃は口元を覆《おお》うとさっと顔を俯けた。

どうしよう、と内心動揺する。つい笑ってしまったが、そんな場合ではなかったのだ。

ソラのことと、度重《たびかさ》なる無礼を謝って……と目まぐるしく考えていると、

「はい」

気軽な声とともに、目の前にソラが差しだされる。え？　とつられる形で掌をだせば、優《やさ》しい手つきで手渡《てわた》された。

「さて、と。続き、やろっか」

「え、は？　あの……」

「まだまだ採るんでしょ、これ」

人好きのする笑《え》み顔で地面を指さした紫苑に、瑠璃はようよう彼の言わんとすることを理解

した。薬草の採取を手伝うと言っているのだ。

「いえっ、これ以上お手間をとらせるわけには、」

「どこからやる？　このへん、抜《ぬ》いてっちゃえばいいかな」

この上迷惑《めいわく》をかけられないと断りを皆《みな》まで告げる前に、紫苑が鍬《くわ》をいれたあたりの紫草《むらさきそう》に手をかける。

あたかもなにごともなかったように手伝おうとする紫苑に戸惑《とまど》い、助けを求めるように周囲を見回す。と、すこし離れた場所に二頭の馬の手綱《たづな》を手にした琥珀の姿があった。しかし、じっとこちらを見据《みす》えるばかりで動こうとはしない。どうやら彼に止める気はなさそうだ。

——もう一人の方なら、きっと止めてくれるのに。

どうしてこういう時にかぎって供が珊瑚ではないのか、と思ううちにも紫苑は根っこをどんどんひき抜いていく。

そうなると皇子《みこ》一人にやらせておくわけにもいかず、瑠璃はソラを懐《ふところ》に戻《もど》すと慌てて手近な茎《くき》を摑んだ。だが、

「ああ、いいよ。抜くのはオレがやるから、瑠璃は土を払《はら》ってまとめてって」

「ですが……」

「適材適所、てね」

ほら、と抜いた紫草を手渡される。反射的に受けとって、瑠璃は嘆息《たんそく》した。

しかたがないと再びしゃがみこんで、抜かれた根の土を払っていく。

「最初から言ってくれればよかったのに」

「客人にこんなことをさせるわけにはいきませんので」

本来なら、と諦《あきら》め混じりにつけたした瑠璃に、「マジメだねぇ」とからからと笑い声が降ってくる。そこに揶揄《やゆ》の色はなく、純粋《じゅんすい》に楽しげな響《ひび》きだけがあった。

「使えるものは使えばいいじゃない。どうせ暇《ひま》してるんだから」

そもそも力仕事は男の仕事でしょ、とこともなげに言う紫苑を、瑠璃は手を止めて見上げた。ん？　とむけられた微笑みに、目を細める。

「……変わった方ですね、紫苑さまは」

気がつけばそうしみじみと呟《つぶや》いていた。

「そう？」

なのに怒《おこ》るでもなく首を傾げる彼に、その思いを深める。ソラのことにしてもだが、里の男たちならまず、莫迦《ばか》にしているのかと気分を害することだろう。

そもそも女の仕事に手を貸そうとする男はいないし、里においては真朱の、家においては父や夫の言うことが絶対だ。反対はおろか、求められてもいない意見をするなど許されない。

その点、紫苑は逆だった。

彼がこの里にきて十日近くがたつが、頻繁《ひんぱん》に出歩いては里人に気軽に声をかけている。おまけにことの大小、さらには老若《ろうにゃく》や貴賤《きせん》を問わず女性に手を貸していることも、耳に届いていた。

自分の力を周囲にひけらかしたりしない。むしろ、その力でもって自分より弱い相手を受け止める器《うつわ》の大きさがあるように思える。

「普通《ふつう》の男性は、女性に愛想《あいそ》よくしたり、親切にしたりはしませんから」

瑠璃の指摘《してき》に、紫苑はきょとんとした。

「──ひょっとして、やきもち？」

「違《ちが》います」

言下に否定して、変わっているのは最初からだったと早くも前言を後悔《こうかい》する。

「なにか裏でもあるんじゃないかと、噂《うわさ》になっていますよ」

主に男たちの間で、とは胸の中で呟いておく。女性陣《じん》はといえば、親切にされて悪い気がするはずもなく、評判はあがる一方だ。

「なーんだ、残念」

声の調子からして残念そうでもなく肩《かた》を竦《すく》めた紫苑は、「裏、ねえ」と思案げに口の中で転がした。

「あるといえばある、かな。昔の経験から、女の人を味方につけて損はないって知ってるからね」

「女の人を、ですか。男性ではなく?」

怪訝《けげん》そうに問い返すと、こちらを見下ろす瞳《ひとみ》に一瞬《いっしゅん》暗い影《かげ》が走った——ような気がした。それはすぐに、企《たくら》むような笑みにとって代わった。

「ほら、こんな風にみんなの口から、オレがいい男だって瑠璃に伝えてもらわないと」

「……なるほど」

よく使う手口なのか、と声にはださず頷《うなず》く。がんばると言っていたのはこういうことだったのか、と納得《なっとく》する一方で、なんだか胸のあたりがもやもやする。

——? なんだろう……。

突然《とつぜん》湧《わ》きあがった、不快感にも不安にも似たよくわからない感覚に、瑠璃は無意識に胸へ手をやった。すると、布越《ご》しに馴染《なじ》んだ温《ぬく》もりが触《ふ》れ、もぞりと動いた感触《かんしょく》にさんざん困らされたばかりなのにすこしほっとしてしまう。

「あ、誤解してるでしょ」

そんな瑠璃になにを感じとったのか、紫苑が心外そうな声をあげた。

「オレは女の人に優しくはするけど、好きだなんて軽々しく口にしたりはしないから」

瑠璃にだけだ。

まっすぐむけられた、いつもにはない重みを持った言葉に、瑠璃は小さく息を呑《の》んだ。

本気なのか、それとも彼が言う裏があるのか。

口先だけなのか、信じてもいいのか——自分は、信じたい、と思っているのか。

受けとったとして、はたしてどの瑠璃にむけられたものなのか。巫女《みこ》としての瑠璃か、長《おさ》の娘《むすめ》としての瑠璃か、それとも……。

経験のない瑠璃には判断も判別もつかない。

摑《つか》み損《そこ》ねた言葉が、宙を漂《ただよ》う。

「……ありがとうございます、これくらいで大丈夫《だいじょうぶ》だと思います」

結果、瑠璃が選んだのは『聞かなかったことにする』ことだった。

紫苑から視線をはずし、土を払う作業を再開した頭上に、溜息《ためいき》混じりの苦笑《くしょう》がおちる。

「——せっかく男手があるんだし、もっと採っておいた方がよくない？」

しかし、こちらもなにごともなかったように膝《ひざ》を折った紫苑に、胸をなでおろしつつ瑠璃は首を横に振った。

「大地の恵《めぐ》みですから、必要以上は採らないことにしているんです。染料《せんりょう》にも使いますから」

ことさらいつもどおりを心がけて応《こた》えると、「ああ」とどこか意外そうなあいづちが返った。

「染料にも、ってことは、これは薬に使うんだ？」

「え？　あ、はい」

そういえば、彼には用途《ようと》は話していなかった。ごく自然に採取をはじめたから、てっきりわかっているものだと思いこんでいたのだ。

「へぇ……瑠璃が使うの？」

「そうですけど……？」

「珍《めずら》しいね、巫女が薬草を扱《あつか》うなんて」

ほかのだれが、と怪訝に思った矢先、投げかけられた素朴《そぼく》な驚《おどろ》きに、手が止まった。

彼の言うとおり、通常巫女が薬草を扱うことはない。巫女にとって病とは穢《けが》れであり、神の力を借りて『祓《はら》う』ものだ。『治す』ものではない。

今でこそ里人たちも瑠璃が薬草を扱うことに疑問を抱《いだ》かないが、それも神前に供えることで身のうちから清めるためのものだともっともらしい説明をしたからだ。

だが――

「――神に祈《いの》っても、怪我《けが》や病は治りませんから」

ぽつりと零《こぼ》れた心に、はっとする。

慌《あわ》てて顔をあげれば、目を丸くする紫苑の姿があった。

ああ、やってしまった……と己《おのれ》の心の緩《ゆる》みを悔《く》やむ。

きつく唇《くちびる》を噛《か》み締《し》めて俯《うつむ》く。――と、紫草を強く握《にぎ》りこんでいた手が、柔《やわ》らかに大きな温もりに包まれた。

びくっと瑠璃の肩が跳《は》ねる。

なだめるように、包みこんだ手とは反対の手がぽんぽんと添《そ》えられた。

「あぁ、ほら、そんなに強く噛んだら傷になる。――しまったな、汚《よご》れてるから瑠璃の顔に触れられないや」

せっかくの好機なのに、と演技めいた溜息をついた紫苑が、こちらをのぞきこんでくる。

「――もしかして、キミの母上のことが関係してる？」

責める色も好奇心《こうきしん》もないただ優《やさ》しいまなざしに、なぜか懐《なつ》かしさを覚えて、気がつくとかすかに頷きを返していた。

「……どれだけ祈っても、助けてはくれませんでしたから」

母自身も、巫女だった。なのに、神が応えてくれることはなかった。

神に祈ってもむだなのだ――。

優しい手を失い、悲しみに暮れたはてに宿ったのは、『だったら自分でどうにかするしかない』という決意だった。

以降、暇をみては里一番薬草に詳《くわ》しい老婆《ろうば》のもとへかよい、本来巫女には必要のない薬の知識を得てきたのである。

「いいんじゃない？」

「え――」

ぽん、ともう一度握った手を叩《たた》き、立ちあがった紫苑に、瑠璃は目をしばたいた。

こちらを見下ろした端整《たんせい》な顔が、にっこりと笑う。

「それでみんながよくなるなら、神さまだろうと薬草の効能だろうと関係ないよ」

明るい声が晴れ渡《わた》った空に吸いこまれていく。

そうしてなにごともなかったように紫草《むらさきそう》を手にとった紫苑を、啞然《あぜん》と目で追う。

「これくらいで大丈夫かな」と土を払《はら》ったそれをまとめはじめた彼に、

「あ……この籠《かご》に」

瑠璃はすこし離《はな》れた場所にあった籠をとりに、ぎこちない動きで腰《こし》をあげた。

いいんじゃない？――あっさり言い放たれた言葉が、耳の奥でこだまする。

――そっか、いいんだ……。

すとんと胸におちてきたそれに、逆に胸のうちが軽くなった気がした。

いつも、巫女がそんな真似《まね》をする必要はない、と渋《しぶ》い顔をする父や翡翠の姿が頭の片隅《かたすみ》にあった。その面影《おもかげ》がすこし遠くなる。

瑠璃の口元に、あるかなしかの笑《え》みが浮《う》かぶ。

彼女自身気づいていないそれに紫苑が優しく目元を和《なご》ませ、

「――キミはその小さな手で、どれだけのものを抱《かか》えてるんだろうね？　務めだけはたしてたってだれも責めたりしないのに」

口の中で呟《つぶや》いたのに、やはり瑠璃が気がつくことはなかった。

里に近づくにつれ、畑仕事をしている人々の姿がちらほらと目にはいってくる。逆を言えばそれはむこうも同様で、瑠璃たちを認めた里人たちは作業の手を止め、深々と頭をさげた。

そのたびに軽く頭をさげ返す瑠璃に、隣《となり》をいく紫苑が、へぇ、と感心するように声をあげた。

「あんなに遠くからでも瑠璃だってわかるんだ。──あ、もちろん、オレだってどんなに遠くたって瑠璃なら見分ける自信あるけど。それだけ瑠璃が里の人たちに好かれてるってことだね」

採取した紫草を籠につめ、二人──いや、三人は里へと戻《もど》る途中《とちゅう》だった。

自分が背負うからと固辞したものの聞きいれられず、籠は紫苑の背だ。さらに、馬の手綱《たづな》をひくのとは反対の手に鍬《くわ》までもが握られていた。

琥珀はといえば、自身の馬とともにすこし距離《きょり》をあけてついてきている。──余談だが、籠は自分が背負うと申しでた彼を、「なんでおまえにいいところを譲《ゆず》らなきゃならないの」と紫苑は一蹴《いっしゅう》した。

紫苑の言に、瑠璃は緩く首を横に振《ふ》った。

「好かれている、というわけでは……わたしは長の娘で、なにより巫女ですから」

皆《みな》、自分の背後にあるものに頭をさげているだけだ。そうして、頭をさげられるたびに小さな棘《とげ》が刺《さ》さったように胸が疼《うず》くのだ。

痛みに耐《た》えるように表情をこわばらせた瑠璃の横顔へ、紫苑がじっと視線を注いだ。

「――瑠璃は敬われるのが、イヤ？」

「……っ」

投げかけられた静かな声音《こわね》に虚《きょ》を衝《つ》かれる。

覚えず紫苑の方へ首を巡《めぐ》らせた瑠璃を彼は凪《な》いだ表情で受け止めると、ついっと前をむいた。

もう、里は目の前だ。

里を囲う形で塀《へい》のような高い木の柵《さく》が立ち、その外側にそって壕《ほり》が掘《ほ》られている。一箇所《いっかしょ》だけ開けられた里のうちへと通じる道をいきながら、「ずっと、気になってたんだ」と彼は変わらぬ静けさで続けた。

「瑠璃ってあんまり感情を表にださないよね。はじめは、オレたちを警戒《けいかい》してるからかなって思ってたんだけど」

出入り口をとおり抜《ぬ》けてすこしいったところで、紫苑は足を止めた。くるりとこちらへむき直る。

どくり、と胸が嫌《いや》な音をたてる。

なのに、ひたと据《す》えられたまなざしから目がそらせない。

「瑠璃が笑わないのは、巫女《みこ》だから？　それとも——巫女でいることが、苦痛？」

低く、瑠璃の耳にだけ届くような囁《ささや》きで、しかし真っ正面から切りこまれる。

こくり、と喉《のど》が鳴った。指先がかすかに震《ふる》える。

ソラが心配げに顔をだしたことにも気づかず、紫苑の視線にからめとられたように立ちつくす。

——……わたしは、長《おさ》の娘《むすめ》で。嫌だとか、言える立場じゃ、なくて。だけど、感謝を捧《ささ》げられるたび……苦しく、て。だって、

「わた、しは——」

乾《かわ》いて嗄《しわが》れた声が、喉にひっかかる。

息苦しくて、喘《あえ》ぐように息を吸いこんだ時、ズザーッ、となにかが地面を滑《すべ》る音に続いて、火のついたような泣き声が響《ひび》き渡った。

「!?」

二人の間にあった重苦しい空気が一瞬《いっしゅん》にして突《つ》き破られ、瑠璃は弾《はじ》かれたように泣き声の方を見やった。

「大変…っ」

つまずいたのだろう、すこし先で三つ四つと思《おぼ》しき男の子がうつぶせの状態で地面に倒《たお》れこんでいた。

とっさに駆《か》けよろうとした瑠璃の前を塞《ふさ》ぐように、すっと伸《の》びた腕《うで》があった。紫苑だ。

こんな時になんのつもりかと目元を険しくする。が、当の紫苑はこちらを一瞥《いちべつ》もせず、握《にぎ》っていた手綱と鍬を放すと男の子の方へ踏《ふ》みだした。

「紫苑さま?」

呼びかけにも振り返らず男の子の方へ歩いていく彼を慌《あわ》てて追いかける。

紫苑は地面に這《は》いつくばったまま泣いている子の前でしゃがみこんだ。

「こーら、男が転んだぐらいで泣くんじゃない」

「紫苑さま、まだ小さいですから」

助け起こそうともしない彼に、困惑《こんわく》しつつ手を伸ばそうとする。しかし、「小さくても関係ない」とぴしゃりと遮《さえぎ》られた。

その迫力《はくりょく》にか、男の子の泣き声が徐々《じょじょ》に力を失う。うかがうようにあげられた幼い顔へ、紫苑は一層顔をよせた。

「いいか、男は大切な人を守らなきゃならないんだ。こんなことぐらいで泣いてたら、だれも守れないぞ」

子どもだからといってあやすでもない真剣《しんけん》な声に、なにかを感じとったのか、男の子がぐすりと鼻を鳴らした。

「……まも、る?」

「そう。そのためには強くならないとな」

はらはらしながらなりゆきを見守っていると、紫苑の言ったことがどこまで理解できているのか、男の子はぐすぐすと泣いた名残《なごり》をひきずりつつ、両手を地面についた。ゆっくりとおぼつかない動きで立ちあがる。

「よし、いい子……や、それでこそ男だ」

紫苑が破顔して男の子の頭をなでる。泣きたいのを我慢《がまん》しているのだろう、口を真一文字に結びながら男の子がこくりと頷《うなず》いた。

無事おさまった場にほっとしつつ、すこし意外に思う。

――この人なら、抱《だ》き起こして助けそうなのに。

かといって、男なら泣くな、と突き放すだけでもない。

柔《やわ》らかでいながら芯《しん》のある、ただ優《やさ》しいだけではない姿に彼の別の一面を見ながら、瑠璃は立ちあがった紫苑の代わりに男の子の前で膝《ひざ》を折った。

「大丈夫《だいじょうぶ》？　怪我《けが》は？」

顔や服についた土を払《はら》いながら、全身に視線を走らせる。下衣の膝がすこし擦《す》れているが、派手に転んだ割にはたいした怪我はなさそうだ。

「……いたい」

とはいえ、涙声《なみだごえ》でさしだされた両　掌《りょうてのひら》はところどころ擦り切れ、血が滲《にじ》んでいた。

「ああ、あとで水で綺麗《きれい》にしないとね」

これくらいなら自然と治るだろう、と袖《そで》でそっと土を払って、瑠璃はその小さな両手を左手の上に並べた。

「だから、とりあえず――」

右手で男の子の手を覆《おお》うようにして包みこむ。

「痛いの痛いのとんでいけー！」

子ども騙《だま》しの呪《まじな》いをことさら神妙《しんみょう》な声音で唱え、ぱっと覆っていた右手を離《はな》す。

どう？ と小首を傾《かし》げれば、男の子はぱちぱちっと瞬《まばた》きして、輝《かがや》くような笑顔《えがお》になった。

「すごい！ いたくなくなった」

よかった、とつられて口元を綻《ほころ》ばせた瑠璃のうしろで、

「――こういうとこは変わらないな」

密《ひそ》やかな呟きがおちる。

「？ 今、なにか……」

「ん？ ああ、ほら、その子のお迎《むか》えがきたみたいだよって」

肩越《かたご》しに紫苑を振り返ったものの、指で示され、すぐにそちらへ視線を移す。たしかに、血相を変えた女性がこちらへ走ってくるところだった。

「おかあさん！」

気づくが早いか、ぱっと男の子が駆けだしていく。その身体《からだ》を抱き留めながら、母親が何度も頭をさげた。

「申しわけありませんっ、ご迷惑《めいわく》をおかけして」

「いえ、たいしたことではありませんから」

瑠璃は裾《すそ》を払いながら立ちあがった。

「それより手を擦りむいていますから、水で綺麗に清めてあげてください」

「わかりました。――ほら、いくわよ」

そそくさと立ち去る母親に手をひかれた男の子が、「あ」と首だけをくるりとこちらへむけた。

「みこさま、ありがとー」

「ええ、きちんと綺麗にしてね」

「ああ、もう転ばないようにしろよ」

笑顔の男の子に、瑠璃と紫苑の声が被《かぶ》る。ん？　と二人は顔を見合わせた。

「……」

一拍後《いっぱくご》、互《たが》いに『あ！』と思いついたような表情になる。直後、どちらからともなく、ふっと小さく吹《ふ》きだしていた。

「そういえば、皇子さまでしたね」

「あははっ、瑠璃も巫女さまだね」

そう、どちらもみこで、お互い反応してしまったのだ。

「けど、よく考えなくてもオレのわけないのに。オレがどこのだれかなんて、あの子が知ってるはず――」

ふつり、と言葉が途切《とぎ》れたかと思うと、笑っていた紫苑の顔からすっと表情が消える。

え？　と思う間もなく、激しい嘶《いなな》きと土を蹴《け》る音が背後から届いた。

「紫苑さまッ！」

追うように響いた叫《さけ》びに、瑠璃は反射的に振《ふ》り返っていた。

まず目に映ったのは、こちらへと突進《とっしん》してくる馬の姿だった。そのうしろに、険しい顔つきで駆けよってこようとする琥珀が見える。

それらが一瞬のうちに視界に飛びこんできた。

しかし、状況《じょうきょう》に頭が追いつかず暴走馬を前に立ち竦《すく》んだ瑠璃へ、

「瑠璃ッ」

横から突っこんできた影《かげ》があった。

「――ッ」

大きななにかに包みこまれるようにして、身体が反対側へと突き飛ばされる。上も下もわからない衝撃《しょうげき》に、ただ身を硬《かた》くして揺《ゆ》さぶられるしかない。

やがて、シン……と不自然な静けさが場におちてもまだ、瑠璃は自身の身に起こったことを把握《はあく》しきれずにいた。

——今、馬が暴走して……たしかそれで、突き飛ばされて……。

「——ぃたた……」

混乱する頭で出来事をひとつひとつ整理していると、すぐ近く——というより真下から軽い呻《うめ》き声が聞こえてくる。

「紫苑さま！　ご無事ですか⁉」

ついで上から降ってきた焦《あせ》った声音《こわね》に、瑠璃ははたと顔をあげた。

「⁉　紫苑、さま…っ」

そこでようやく、抱き締《し》められるようにして彼を下敷《したじ》きにしていることに気づく。

「もうしわけ…っ」

慌ててどこうとするが、うまく身体が動かない。

「へ、きだって。それより、琥珀」

そんな瑠璃の背をなだめるように叩《たた》いた紫苑が、琥珀を見上げた。

「馬、すぐに追って。あのままにしといたら、里に被害《ひがい》がでるかもしれない」

「なっ、しかし！」

「琥珀」

主《あるじ》の身を案じて反駁《はんばく》しようとした琥珀を、低い呼びかけが遮《さえぎ》る。瑠璃からは見えないものの、彼がぐっと声をつまらせたのが気配でわかった。

「……承知いたしました。ですが、ひとつだけ――お怪我は」

「ないない、ちょっとぶつけただけ」

ひらひらと翻《ひるがえ》った片手が、いけ、というように振られる。

足音が躊躇《ためら》いがちに遠ざかっていくのにひとつ息をついた紫苑が、「よっと」とかけ声とともに上体を起こした。当然、上にのっていた瑠璃も一緒《いっしょ》に、だ。

「どっか痛いところは？」

「っ……それは、こちらの科白《せりふ》です！」

かばってもらった上にされた心配に、瑠璃は意識せず声を張りあげていた。

「紫苑さまこそ、お怪我は⁉」

がくがくと笑う手足を叱咤《しった》して彼の上からおりながら、視線を走らせ状態をたしかめる。

「あー、オレは大丈夫だけど……これは、大丈夫じゃない、かな」

苦笑《くしょう》しつつ、紫苑が背中の方から手繰《たぐ》りよせたのは、紫草《むらさきそう》のはいった籠《かご》――の残骸《ざんがい》だった。

とっさに背中側から地面へ倒《たお》れこみ、それを緩衝材《かんしょうざい》に衝撃を最小限に抑《おさ》えたらしい。

「そんなものは、どうでもいいんです！」

「ははっ、まあね。おかげで二人ともたいした怪我もないみたいだし……あ、この子は大丈夫だった？」

胸元《むなもと》を指さした紫苑に眉根《まゆね》をよせかけ、彼の言わんとすることに気づく。

「ソラ…っ」

瑠璃はあわせをのぞきこむようにしながら胸に両手をあてた。

温《ぬく》もりはあるが、反応がない。焦りを抑えつつ、慎重《しんちょう》に小さな体をとりだした。

声をかけながら擦るようにしてなでれば、衝撃に目を回していただけなのか、ソラはすぐに目を開けた。

「よかった……」

思わずその温もりに頰《ほお》ずりする。

そうして無事をたしかめたソラを懐《ふところ》へと戻《もど》しつつ、瑠璃は紫苑へと居住まいを正した。

「紫苑さま、助けていただいてありがとうございました」

一礼して顔をあげた瑠璃に、紫苑は緩《ゆる》く首を振りながら笑った。

「暴走したのはオレの馬だし、むしろこっちが謝らないと。――けど、瑠璃の色んな面が見られたのは不幸中の幸いだったかな」

よいしょっと、と腰《こし》をあげた紫苑に、瑠璃は軽く眉を顰《ひそ》めた。

「色んな面？」

「そ、笑ったり――あ、これは馬の暴走とは関係ないけど――怒《おこ》ったり、心配したり。今みたいにもっと感情をだしてもいいんだ、瑠璃は。普通《ふつう》の年ごろの女の子なんだから」

そりゃお互いにしがらみはあるけどね、と手をさしだされる。

思ってもみなかった言葉に、瑠璃はその手をじっと見つめた。

「普通、の……」

導くようにさし伸《の》べられた掌《てのひら》に、ぴくりと指が動く。が――

「――瑠璃ッ」

怒号《どごう》めいた呼びかけが耳を打ち、瑠璃はぱっと指先を握《にぎ》りこんだ。荒々《あらあら》しく近づいてくる足音へと首を巡《めぐ》らせながら、よろめくように立ちあがる。

「翡翠兄さま」

「怪我《けが》は？　大事ないのか？」

傍《そば》にくるなりたて続けに問われ、気圧《けお》されるように頷《うなず》く。

「あ、はい、しお……皇子《みこ》さまにかばっていただきましたので、わたしは」

「――そうか」

ひとつ息を吐《は》きだすと、翡翠は瑠璃をうしろへと押しやるようにして紫苑の前に立った。

「瑠璃が助けていただいたようで、感謝します」

どうやらどこかから一部始終を見ていたらしい。礼を言っているとはとても思えない高圧的な態度に、「兄さま」とつい咎《とが》め声をあげてしまう。

しかし、当の紫苑は憤《いきどお》るでもなく、貼《は》りつけたような笑《え》みを浮《う》かべた。

「いや、もとはといえばこちらの不注意なので。かえって迷惑《めいわく》をかけて申しわけない」

「……ところで、なぜ彼女と一緒だったのか、お聞きしても？」

「ははっ、怖《こわ》いなぁ」

なんでもない会話なのに互いに口を開くたび、きりきりと空気が張りつめていく。それは弓の弦《つる》がひき絞《しぼ》られていく感覚によく似ていた。

「薬草の採取を手伝っていただけですよ。おかげで時間だけはたっぷりあるので」

残念ながらむだになってしまったが、と紫苑がだめになった籠を一瞥《いちべつ》して、からりと笑う。

「それは、とんだお手数をおかけしました。これにはよく言っておきます」

息をつめるようにして二人のやりとりをうかがっていた瑠璃は、その一言に静かに目を伏《ふ》せた。不可抗力《ふかこうりょく》とはいえ、翡翠の忠告を破って一緒にいたのだからしかたがない、と溜息《ためいき》を飲みこむ。

そんな彼女の様子を察したように紫苑が、

「それには及《およ》びませんよ。自分が勝手に手伝っただけのこと」

ね？　と翡翠越《ご》しにこちらをのぞきこんできた。

翡翠の広い背中が、ぴくりと揺らぐ。

彼が口を開くより先に顔をひっこめた紫苑は、「ああ、そうそう」とわざとらしく手を打った。

「あなたか真朱どのにお会いしたら、聞いてみたいことがあって」

「――なんでしょう」

「この里は、なぜ、橘の里と言うんです？」

暇《ひま》に飽《あ》かせて歩き回ってみたけれど、野山にも橘《たちばな》が多く植わっているわけでもないのに不思議で。

なにげない素振《そぶ》りで問われたそれに、今度こそはっきりと翡翠の背が揺らいだのがわかった。

――この男…っ

言動の軽さから頭の方も軽い男かと思いきや、とんだ食わせ者だったか、と笑っているようで笑っていない目の奥に、翡翠は密《ひそ》かに奥歯を噛《か》み締《し》める。

『この里は、なぜ、橘の里と言うんです？』

たった今、眼前の男から投げかけられた問いに、適当にあしらって追い返そうとしていたのが裏目にでたことを、翡翠は悟《さと》った。

――なにを知っている……？

ここまでくると、皇子直々に出水までできた目的にも疑念が生じる。

本当に、剣《けん》を朝廷《ちょうてい》に献上《けんじょう》させるためにきたのか。

ひょっとして、と翡翠の脳裏《のうり》によぎったのは、この里に昔から伝わる歌だった。

君立ちて　花香《かぐわ》しき　泉のほとり　その身時じくに　老ゆを知らず　八千代に我らを　守りたまふ

この歌には里の名の由来とともに、ある秘密が隠《かく》されているといわれる。

もしかしてこの男は、それを探《さぐ》りにきたのではないか。

だとしたら、滞在《たいざい》が長引けば長引くほどその機会を与《あた》えることになる。それだけならまだしも、神聖な地を踏《ふ》み荒《あ》らす愚挙《ぐきょ》にもでかねない。

見張りはつけてあるが、相手が相手なだけに出歩かないようになどと強くは言えない。また、まかれることもしばしばだった。

余計な言葉を交《か》わすなと言い含《ふく》めてあるが、瑠璃との距離《きょり》が近いことも気になる。

「……」

途端《とたん》、甦《よみがえ》ったそれに、翡翠はくっと目元に力をこめた。

――瑠璃が、あんな顔をみせるなど。

物見櫓《やぐら》の上から見た光景に、ふつり、と腹の底から湧《わ》きあがってきたのは、憤りに彩《いろど》られた驚《おどろ》きだった。

物見櫓にいたのはたまたまだった。

いくら近隣《きんりん》の国々は出水に一目置いているとはいえ、現王朝が動きだしたとなればなにがどう転ぶかはわからない。そうでなくとも野山の動物たちが活発になるころだ。警戒《けいかい》を怠《おこた》るわけにはいかない。

変わりはないか報告を受けがてら、自身の目でも不備がないか確認《かくにん》しておこうと櫓にあがったのだ。

そこへ目に飛びこんできたのが、野から戻ってくる瑠璃と皇子の姿だった。

皇子が瑠璃につきまとっている、という報告は受けていた。瑠璃自身から聞いてもいた。

二人の距離が気にはなったものの、なるほど事実らしい、と見下ろしていた時、その瞬間《しゅんかん》は訪《おとず》れた。

二人が顔を見合わせたかと思うと、瑠璃の顔が楽しげに綻《ほころ》んだのだ。

ひさしく――すくなくとも、彼女の母親が亡《な》くなってからほとんど見た覚えのない、作り笑いでない笑顔を、息を止めて凝視《ぎょうし》していたのに気づいたのはしばらくあとだった。

なぜ……という思いが、いらだちに変わるのに時間はかからなかった。

「――なにをしている、あれは。皇子に心を許すなど言語道断…っ」

そう、踵《きびす》を返して櫓をおりようとした直後、馬が暴走する新たな騒動《そうどう》が起こったのである。

長いような短い睨《にら》みあいのあと、「——さて」と翡翠は視線を切った。

「そのようなこと、考えてみたこともなかったものですから」

暗に答える気はないと告げ、踵を返す。

「いくぞ、瑠璃」

「はい」

目を伏せて応《こた》える瑠璃に、腹の底がざわめく。

眉間《みけん》に皺《しわ》を刻みそうになるのをこらえ、翡翠は肩越《かたご》しに皇子へ頭をさげると瑠璃を伴《ともな》ってその場をあとにした。


先の騒動から三日後、瑠璃は紫苑たち三人を半月前とは逆の道のりを案内して歩いていた。

「ようやく……っていうか、ここへきてから半月も音沙汰《おとさた》なしってどういうことなのかしら？まったく、莫迦《ばか》にするのもいい加減にしてほしいわ。こっちは大王《おおきみ》の遣《つか》いなのよ」

声を抑《おさ》えようともしない珊瑚の文句だけが滔々《とうとう》とあたりに響《ひび》く。

もはや耳に慣れたそれにうるさいという感覚も湧かず、よくこうもしゃべり続けられるものだと感心する。

真朱から紫苑へ「会ってやってもいい」という連絡《れんらく》がいったのが――むろん、もっと丁重《ていちょう》な言い回しだが――昨日のことだった。紫苑はすぐさま諾《だく》を返し、今日の会談へといたったのである。

「そもそも紫苑さまのお立場をかんがみても、あっちから出向いてくるのが常識でしょう？　ほんと、これだから田舎《いなか》の人間は嫌《いや》んなるわ」

「――そんなに文句ばっかり言ってたら疲《つか》れるんじゃない、珊瑚？」

ここへきて紫苑がどこかうんざりしたように口を開いた。

背中で聞いている瑠璃にもわかったが、当の珊瑚は違《ちが》ったようだ。

「まあっ、紫苑さまに気遣《きづか》っていただけるなんて！　なんだかんだ言いながらやっぱり紫苑さまもワタシのこと」

「ちょっと黙《だま》ったら」

感動に打ち震《ふる》えるような声音《こわね》を、紫苑が今度こそばっさり断《た》ち切る。

「なんて冷たいお言葉……でもそういう紫苑さまも素敵《すてき》！」

声の大きさはおちたものの、黙れと言われて即《そく》黙らないあたり、彼らの間にある気安さを感じさせた。

「――それに、主従の絆《きずな》の強さも」

口の中で呟《つぶや》いて肩越しにちらりと見れば、強すぎるまなざしと目があう。瑠璃はそっと息を吐《は》きだして前へむき直った。

部屋を訪れてからこちら、琥珀の視線は片時も離《はな》れることがない。気配に聡《さと》いわけでもない瑠璃でも、背中に穴が空くのではと思うような鋭《するど》さだ。

あの馬の暴走以後、顔をあわせるとこの調子だった。――いや、あわせなくても時折こちらを見つめていることがあった。

まるで監視《かんし》されているようで、少々気が滅入《めい》る。

――一緒《いっしょ》にいたわたしを紫苑さまがかばったから、存在が彼に害をなすと思われてる、とか？

とはいえ、あそこにいたのが自分でなくとも……例えばあの転んだ男の子だったとしても、紫苑は身を挺《てい》してかばっただろう。なにも自分が特別、というわけではないはずだ。

――……そう、違うはず。

瑠璃だけ、と彼は言った。

どんな自分も『瑠璃』なのだと認めてくれた。

八百津国命の末《すえ》であることを誇《ほこ》りに思う父や翡翠はもちろんのこと、だれにもうち明けられなかった重苦しい胸のうちを、彼だけが察してくれた。

それらは自分には特別だ。ともすれば、ずっと秘《ひ》めていたものが溢《あふ》れだしてしまいそうになるくらいには。

だが、彼は違う。

きっとだれに対してもああなのだ。

瑠璃はそう、変わりはじめている自分の心に言い聞かせた。警戒心が緩《ゆる》み、紫苑という人物をもっと知りたいと思いはじめている自分に、釘《くぎ》を刺《さ》す。

それに……となでつけるように頭に触《ふ》れた瑠璃は、

「――り、ルーリ？」

「え？　は――」

耳に届いた呼びかけに返事をしようとして、ぎょっとする。うしろからのぞきこんできた紫苑の顔が肩のすぐ横にあったのだ。

「ちょっと、さっきからずっと紫苑さまが呼んでるじゃない。さっさと返事しなさいよね、小娘《こむすめ》」

「珊瑚は黙ってて。――どうかした、上の空だね？」

「あ、いえ」

あなたのことを考えていた、とは言えず曖昧《あいまい》に誤魔化《ごまか》すと、瑠璃はいつのまにか止まっていた足を紫苑の方へとむけた。

「それより、お呼びとは？　なにか、ありましたか」

まもなくつきますが、と正殿《せいでん》の方を見やる。

紫苑がつられるようにしてそちらを一瞥《いちべつ》した。

「あー、うん、真朱どのはどうして急に会う気になったのかなぁって」

なにか聞いてる？　と小首を傾《かし》げる。そんな紫苑に瑠璃はゆるりと首を振《ふ》った。

「……いえ、申しわけありませんが」

嘘《うそ》ではない。事実、父からなにを聞かされたわけでもない。

心あたりがないか、と問われたらそうではなかったが。

『あの皇子《みこ》は別の目的で動いている可能性がある。こうなったら下手《へた》に荒《あ》らされないうちに追い返した方が得策だろう。いいか、それまでくれぐれも警戒を緩めるな。――所詮《しょせん》、我々とあれは生きる世界が違うのだ』

あの日、紫苑と別れたあと、屋敷《やしき》に戻《もど》る途中《とちゅう》で翡翠からそう告げられていた。

――目的……。

彼が目的のためにこちらを利用しようとしているのなら、自分が特別なのかもしれない、と思えてしまうのも頷《うなず》ける。

厄介《やっかい》なのは、それに気づかないふりで蓋《ふた》をして『自分が特別なのではない、彼はだれにでもそうなのだ』と思いたがっている自分自身だ。

一方で、あの笑顔《えがお》が特別なものではないと思うたび、胸のあたりにもやもやするものがあった。

「まいりましょう」

からまりあう糸のような感情を放《ほう》りだすようにして、瑠璃は再び先を歩きだした。

翡翠が言っていたように彼らが都へ帰るなら、その方がいい。彼らさえ——紫苑さえいなくなれば、もとどおりの生活に戻るだけだ。

三人三様の視線を背中に感じながら、瑠璃は正殿へとむかう足どりを速めた。


「皇子さま方をお連れしました」

開け放たれていた戸の前で瑠璃は膝《ひざ》を折った。

会談の場はすでに整っていた。むかって正面には真朱が座し、斜《なな》めうしろに翡翠が控《ひか》えている。その前には、紫苑たちの席が設けられていた。

「うむ、おとおししろ」

顎《あご》をしゃくった父に、瑠璃は脇《わき》へと退《ど》く。

「どうぞ、おはいり——」

ください、と頭をさげようとして、ふと動きを止める。

紫苑たちが座る場所として上等の織物《おりもの》が敷《し》かれているのだが、大きく皺《しわ》がよっているのだ。

父たちは敷物にまで気が回っていないのか、気にも留めていないのか、捨て置かれている。だが、仮にも皇子を迎《むか》える場で手抜《てぬ》かりがあってはならない。こちら側の恥《はじ》になるとあってはなおさらだ。

「なにをしておる、瑠璃」

「申しわけありません。少々お待ちください」

不調法を咎《とが》める父の声に、こちらもまた不思議そうに自分を見下ろす紫苑へ詫《わ》びて、すっと立ちあがる。なにごとか、という視線を浴びながら中に足を踏《ふ》みいれた瑠璃は、敷物を踏まないよう、床《ゆか》に膝をついた。

皺《しわ》を伸《の》ばして整えようと敷布の端《はし》へ手を伸ばす。

触れる寸前、キキッ、と甲高《かんだか》い声があがった。かと思うと、ソラが懐《ふところ》から肩へと駆《か》けのぼってきた。

「――!?」

思わぬ出来事に呆気《あっけ》にとられる一同をよそに、ソラはしっぽをあげ、威嚇《いかく》の姿勢をとる。

「ちょっ、ソラ」

いち早く我に返った瑠璃がソラを押さえようとした時、もぞり……と皺が動いた。

「――え？」

視界の端に捉《とら》えた光景に目を疑う。反射的に敷物の端を捲《まく》ろうとして、

「触《さわ》るな！」

鋭い制止が耳を打つ。と同時に、さっと瑠璃の前へ立ち塞《ふさ》がった背中があった。紫苑だ。

彼は鞘《さや》ごと腰《こし》の剣《けん》をひき抜《ぬ》くと、ダン！　と切っ先を敷物へと突《つ》き立てた。

「紫苑さま⁉」

「瑠璃、皇子、一体なにを…っ」

珊瑚と真朱の叫《さけ》びが交錯《こうさく》するのを聞きながら、瑠璃は茫然《ぼうぜん》と突き立てられた鞘の先、ちょうど鐓の先端《せんたん》にあたる部分を見つめた。

一体なにがあったのか、こちらが聞きたいくらいだ。

「今の、は……、ッッ」

なんだったのかと喉《のど》にからむ声で問いかけた瑠璃は、敷布に起こった変化にひゅっと息を呑《の》んだ。

「血……？」

そう、鞘が突き立てられた部分から、じわり、と染《し》みだすように赤い色が滲《にじ》みでてきたのである。

「動かないで」

低い声で言い置き、剣をはずした紫苑が腰をおとす。敷物の端を摑《つか》むと、彼はゆっくりと捲ってい く。

やがて現れたソレに、瑠璃は大きく目を見開いて口元を手で覆《おお》った。

「毒ヘビ……！」

頭は潰《つぶ》れていてわからないが、この模様は間違《まちが》いない。噛《か》まれればまず助からないと言っても過言ではない。

そんな毒を持つヘビが、頭を潰されてなお床の上でのたうっている。

その姿に瑠璃は青ざめた。

——どうしてこんなものが……。

大きさはさほどではないとはいえ、子どもでもない。まかり間違って踏んづけでもしていたら、どうなっていたかと思うとぞっとする。

よかった……と危険を報《しら》せてくれたソラへのろのろと手を伸ばし、包みこむようになでる。

一方で、昂《たか》ぶっていた感情が鎮《しず》まってくるにつれ、別のことに目がいった。

——あの状態で、的確に頭を潰すだなんて。

「触るな」という叫びからして、紫苑はヘビだと気づいていた可能性は高い。が、駆けつけてくるまでのわずかな時間で頭の向きを見定め、なおかつ迷いなく振りおろされた鞘の先が一撃《いちげき》で仕留めたことを思うと、賛嘆《さんたん》せざるを得ない。

——とても見えないけれど、相当の使い手ということ？

そういえば彼の手も身体《からだ》つきも鍛《きた》えている者のそれだった、と今さらながらに思い至る。

そんな瑠璃をよそに、男たちは険しい顔つきで毒ヘビの残骸《ざんがい》を見下ろしていた。

「――こんなものが、いつのまに」

半ば浮《う》かせていた腰を重くおろした真朱が、嘆息《たんそく》混じりに呟《つぶや》く。

「――白々しい」

入り口近くから返った吐《は》き捨てるような声に首を巡《めぐ》らせる。そこには眼光鋭《するど》く父をねめつけている琥珀の姿があった。

意外さに軽く目を瞠《みは》る。食ってかかってくるなら珊瑚の方だと思っていた。

「なに……？」

聞き捨てならないとばかりに翡翠が眉《まゆ》をあげた。

「それも、紫苑さまを狙《ねら》ってそちらが仕組んだことだろう…っ」

「我々がわざと敷物の下に忍《しの》ばせたとでも言うのか！」

「ならば『たまたまだ』とでも言うつもりか？　一度ならまだしも二度ともなれば疑うのが当然だろう」

「ちょっ……待って待って！」

琥珀と翡翠の口論に、珊瑚が割ってはいった。こめかみを押さえ、眉をよせる姿からはいつになく冷静になろうとしている様子が見てとれた。

「今の、二度ってどういう意味なの？　ほかにもこんなことがあったってわけ？」

「——珊瑚だとて三日前のことは聞き及《およ》んでいるだろう」

真朱たちから目を離《はな》さず、琥珀が唸《うな》るように告げる。

なにが言いたいのか悟《さと》ったのか、紫苑が疲《つか》れた声をあげた。

「琥珀……あれはこっちが迷惑《めいわく》をかけたんだから」

「いいえっ」

主《あるじ》の介入《かいにゅう》に、今まで抑《おさ》えこまれていた声調が跳《は》ねあがる。

「紫苑さまは知らないでしょうが、俺は見たんです。あの時、紫苑さまの馬にむかってなにかが飛んでくるのを」

「！　それって……」

琥珀の告白に、珊瑚の表情が険を帯びる。彼の言わんとするところを理解したのだろう。

馬の件もこの毒ヘビも、何者かが紫苑を狙って意図的に仕掛《しか》けたものだ、と。

どちらも『たまたま』という見方もできる。ヘビだって屋内へはいりこむこともないことではない。

しかし、どちらも一歩間違えば紫苑の身が危なかった。これを『たまたま』だと言うことは彼を守る身としては、できないだろう。

——そうか……だから、あの一件以来見られてたんだ。

偶然《ぐうぜん》か、あるいは故意か。故意なら、だれの仕業《しわざ》なのか。——にわかに湧《わ》きあがった疑惑《ぎわく》に表情を硬《かた》くしながら、瑠璃は得心した。

琥珀はまさしく疑っていたのだ。出水側の人間が紫苑に害をなすのではないかと。

「そんなもの、そちらの勝手な想像にすぎん」

ばかばかしい、と荒く息を吐いた真朱に、琥珀、珊瑚の二人がいきりたつ。

一触即発《いっしょくそくはつ》の睨《にら》みあいに、空気がぴんと張りつめる。

その重い沈黙《ちんもく》を破ったのは、場違いなほど軽い声だった。

「なにか、って？」

「——え？」

なんのことかと瞬《またた》いて、瑠璃はおもむろに立ちあがった紫苑につられる形で顔をあげた。彼はじっと琥珀に視線を注いでいる。

「なにかって、なんだったわけ？」

再度投げかけられた問いに、ようやく合点《がてん》する。彼は馬にむかって飛んできたものはなんだったのか、と聞いているのだ。

「それ、は……」

琥珀が目に見えて揺《ゆ》らいだ。それの意味するところは、つきあいの浅い自分にもあきらかだった。

「わからないの？」

「……あの時は、それどころではなかったので」

それもっともなことだろう。主の危機を前にしたら『なにか』をたしかめる余裕《よゆう》などあるはずがない。

傷など馬自身に痕跡《こんせき》があるなら別だが、石程度だとあとから調べるのは困難だ。

その返答に紫苑は、そらみたことか、と言わんばかりに息をついた。

「だったら、虫かなにかだったんでしょ」

「しかしっ……では、このヘビはどう説明するのですか」

「偶然」

言下に退けた紫苑に、琥珀が言葉を失う。納得《なっとく》のいっていない憮然《ぶぜん》とした表情に、やれやれと紫苑は苦笑いだ。

「そもそも、だよ。真朱どのたちがほんとにオレを狙うつもりなら、こんなあからさまなことすると思う?」

ですよね、というように正面へ顔を巡らせた紫苑に、翡翠が重々しく顎《あご》をひいた。

「これでは、疑ってくれ、と言っているようなものだ。——とはいえ、こちらの不手際《ふてぎわ》は認めよう」

ヘビに気づかなかったことを詫《わ》びた彼を、瑠璃は意外な思いで見つめた。

——こちらのせいではない、とかもっと強硬《きょうこう》な態度をとるかと思ってた……。

琥珀や珊瑚にしてもそういう態度にでられてしまうと、強引《ごういん》な追及《ついきゅう》はできないようで、納得がいかない様子ながら口を閉《と》ざす。ただ、こちら側を見る目つきだけは険しさを増していた。

「いいえ、瑠璃どののおかげでなにごともなくすみましたし。とはいえ……」

こうなった以上、今日の会談は無理だろう。

双方《そうほう》の一致《いっち》した意見により、居合わせた者たちの胸に疑心暗鬼《ぎしんあんき》を植えつけて、なにもはじまらないままにこの場はお開きとなった。

三章　さやぐ橘《たちばな》

しゃらり、と篝火《かがりび》を反射して揺れる、髪《かみ》に挿《さ》された金細工が涼《すず》やかな音をたてる。玉を連ねた首飾《くびかざ》りもまた、揺れるたびに触《ふ》れあい響《ひび》きあう。その合間に耳に届くのは、動きにあわせて振《ふ》られる榊《さかき》の葉擦《はず》れの音だ。

それらの音色をまとうようにして、瑠璃が宵闇《よいやみ》の中、舞《ま》っていた。

篝火に浮かびあがる、長い袖《そで》を翻《ひるがえ》して舞う姿は濃《こ》い陰影《いんえい》に彩《いろど》られ、息を呑《の》むほど神秘的だ。それでいて、時折目に映る火明かりに照らしだされた横顔は、ひどく艶《つや》めいて見える。

ちらちらと不規則に光を返す挿頭《かざし》や装飾品《そうしょく》、彼女の手にした榊の葉が、なおのことこの世のものとも思えぬ風景を作りあげていた。

瞬《まばた》きするのも惜《お》しむようにその光景を見つめていた紫苑は、すっと横に並んだ気配に目をやることもなかった。

「これは魂振《たまふ》りですか」

傍《かたわ》らを見もせず静かに問えば、数拍沈黙《すうはくちんもく》が返った。

「――ええ。たて続けに起きた騒《さわ》ぎのせいで、里の者たちが不安を訴《うった》えましたので」

「平穏《へいおん》な里だ、騒ぎのことが広まるのもあっという間でしょうね」

暗に『だれかが持ちこんだ厄介《やっかい》ごとのせいで』と告げられたのも気づかぬふりで、なるほどとあいづちを返す。

おまえが言うな、という冷たい気配を無視して、紫苑は舞い続ける瑠璃に目を細めた。

毎朝、神殿《しんでん》に捧《ささ》げられる奉納《ほうのう》の舞《まい》とは違《ちが》う。あの音と舞で神を招き、自らの身を依《よ》り代として神を降ろすことで、邪《じゃ》を祓《はら》っているのだ。

それが神殿ではなく、真朱の屋敷《やしき》の庭でおこなわれているのは、ここで死の穢《けが》れがあったからだろう。

――あとは、人の目に触れる形で儀式《ぎしき》をすることで、人々の不安も払《はら》おうってことかな。

神聖な儀式、というには政治的な打算も見え隠《かく》れする――が、そんなものは関係なく、火明かりに映しだされる瑠璃はただただ美しかった。

「――単刀直入に申しあげます」

視線ひとつよこさないこちらに焦《じ》れたように、無視できない強さを宿した声がおちた。

そこでようやく紫苑は隣《となり》に立つ男――翡翠へと目を移した。

「どういうつもりかは知りませんが、彼女に――瑠璃にちょっかいをだすのは止《や》めていただきたい」

「彼女がこの国の巫女《みこ》だから？」

鋭《するど》い眼光とともに低くよこされた忠告に問いを返す。

もともとよっていた眉間《みけん》の皺《しわ》がぐっと深まった翡翠に、漏《も》れそうになった笑いを噛《か》み殺す。

余計な怒《いか》りを買って瑠璃の邪魔《じゃま》をするわけにはいかない。

「それもあります」

「も？」

「長《おさ》の娘《むすめ》とはいえ、所詮《しょせん》ものを知らない田舎《いなか》の娘です。あなたの甘言を真に受けてしまいかねませんので」

「甘言ってひどいな。瑠璃にむけた言葉は全部本心だよ」

「ならば、なおさらです。瑠璃はこの地になくてはならない存在、惑《まど》わすのは止めてもらいましょう」

「それが理由なら、聞けないな」

「なにを…っ」

声を荒《あら》げかけた翡翠に、紫苑は「しっ」と唇《くちびる》の前に人差し指を立てた。翡翠がはっとしたように声を呑む。

「この地に瑠璃が必要だっていうなら、オレが留《とど》まればいいだけの話じゃない？」

静寂《せいじゃく》を壊《こわ》さないよう囁《ささや》くように告げれば、むこうが目を見開いた。開きかけた口は、しかしすぐに閉ざされ、代わりにまなざしがこれまで以上の険を帯びる。

目は口ほどにものをいい、だな、と思っていると、彼は気をおちつけるようにゆっくり息を吐《は》きだした。

「なにを莫迦《ばか》なことを……」

「だから、まぎれもない本心だって」

あなたと違ってね、と内心続けた声が聞こえたように、翡翠がすっと双眸《そうぼう》を細めた。

「――どんな思惑《おもわく》か知らんが、瑠璃を利用させるつもりはない」

大倭と馴《な》れあうつもりもな。

言い捨てるように告げ、翡翠が背をむける。これ以上、話す余地はないという意思表示だろう。

静かに、けれど憤然《ふんぜん》と遠ざかっていく背中に、紫苑は薄《うす》く笑《え》みを刷《は》いた。

「素直《すなお》じゃないねぇ」

瑠璃が心配なら心配だと言えばいいのだ。彼女曰《いわ》く、厳しいのは国や瑠璃を思ってのこと、とのことだったが、自分から見たら危《あや》うい強さだ。

「お堅《かた》いばっかりがいいってわけじゃないよ？」

たとえるなら、彼は石だ。強固な守りにはなるだろう。だが、ただ硬《かた》いばかりではより強大な力とぶつかった時、割れるだけだ。

それでは守りたいものは守れない。

「そもそも、大事な子の笑顔も守れないようじゃ、ね」

独りごちて、紫苑は瑠璃へと目を戻《もど》した。

神懸《かみが》かりとはこういうことか、と思う。素直に、美しいとも。

それでも——とり戻したいものがある。

『お兄さん、笑ったらいいのよ』

今も耳に残る、遠い記憶《きおく》の声を聞きながら、紫苑は儀式が終わるまでその場に佇《たたず》んでいた。


くあ……と漏れそうになった欠伸《あくび》を噛み殺す。

早朝とはいえ、どこに人目があるかわからない以上、気を抜《ぬ》いた姿は晒《さら》せない。

「昨晩のあれで、すこしはおちついてくれるといいんだけど……」

里にたて続けに起こった騒ぎのせいで、昨日一日、瑠璃はあちらこちらで呼び止められるはめになった。そうして、なにかよくないことが起こる前兆ではないか、これを契機《けいき》に大倭王朝が攻《せ》めこんでくるのではないか、と男女を問わず質問《しつもん》攻《ぜ》めにあったのだ。

一歩間違えば人命に関《かか》わることだっただけに、里人たちは不安を煽《あお》られているらしい。

ちょっとした事故だと説明したものの、そのままにしておくわけにもいかず昨夜の儀式を執《と》りおこなったのだが――

「――ちょっとした事故、か」

瑠璃自身、いまだ胸に宿る不穏《ふおん》の影《かげ》を拭《ぬぐ》えずにいた。

あれは、本当に事故だったのだろうか。

仮に事故でなかったとしたら、だれが仕組んだことなのか。

紫苑は『たまたまだ』と気にも留めていなかったが、琥珀の言うように偶然《ぐうぜん》が二度も起こるものだろうか。

ただ、これを突《つ》きつめて考えていくと、胸が塞《ふさ》がれるような息苦しさを覚えるのだ。

「……ふたつの事件が意図されたものだったとして、一体だれが？」

それを吐きだすように呟《つぶや》いてみる。

「従者の二人には、紫苑さまを狙《ねら》う理由がない」

脳裏《のうり》に、見た目も性質も対照的な二人の姿が浮《う》かぶ。

彼らには理由がないことに加え、正殿《せいでん》にヘビを仕掛《しか》けるには無理があるだろう。彼らの仮住まいである別棟《べつむね》とは違い、正殿にはそれなりに人の目がある。付近をうろうろしていたらこちらの耳にはいらないはずはない。

おまけに、紫苑たちを迎《むか》えにいった際、三人とも揃《そろ》っていた。あのヘビがいつからいたのかはわからないが、部屋の準備が整ったあとなのはたしかで、仕掛ける時間的な余裕《よゆう》は彼らにはなかったはずだ。家人のだれかをとりこんでいたとしたら、話は別だが。

「あとは出水に皇子《みこ》が訪《おとず》れていることを知った、外部の人間」

朝廷《ちょうてい》のことはよくわからないが、五番目の皇子とはいえ大王《おおきみ》の血をひく王族——つまりは、大王の座を継《つ》ぐ権利はある。一人でも競争相手を減らそうとする、政敵の一人や二人いてもおかしくはない。

「今ならわたしたちのせいにできるし」

だけど、と瑠璃は神殿への道のりをたどりながら屋敷の方を振《ふ》り返った。

「もしかして、翡翠兄さま……」

時機や場所を考えると、その可能性を浮かべずにはいられないのだ。

馬は偶然かもしれない。だが、あの騒動《そうどう》のあとに翡翠が告げたことを思いだすだに、毒へビのことは仕組まれたことであってもおかしくない。

むろん、本当に命を狙ったわけではなく、『早々におひきとり願おう』という意思表示として、だ。

「……」

出水を守るためなら、何食わぬ顔でそれくらいのことはやってのけるだろう。

瑠璃は額の上をなでつけるようにしながら、静かに息をついた。

この疑心暗鬼《ぎしんあんき》を各々《おのおの》に呼び起こすことこそが目的なら、犯人——いるとすれば、だが——は上手にやったというべきだろう。

紫苑のことといい、今回の騒動といい、悩《なや》みばかりが積み重なっていく。

とはいえ、悩んでばかりもいられない。あいもかわらず、やるべきことも時間も待ってはくれないのだ。

ひとまずは、と神殿《しんでん》へ顔を戻した瑠璃は、ふとそこにある人影《ひとかげ》に気がついた。

「？　しお──」

いつものように紫苑がきているのだろうか、とその名を口にしかけ、はたと唇を閉《と》ざす。

──違《ちが》う。

自分たちの祭《まつ》る神でなかろうと尊重すべきだという考えを持つ彼なら、こちらの勤めを邪魔するような真似《まね》はしないはずだ。現に、今まで一度だって神殿にむかう際に姿を見かけたことはなかった。

それに、どこか様子がおかしい。長い階《きざはし》の下、支柱の間をなにか探《さぐ》るように歩き回っているのだ。里の人間なら、階とはいえむやみに社の下に潜《もぐ》りこむとは思えない。

だとしたら──

「──そこにいるのは、だれ？」

瑠璃は高く誰何《すいか》を投げた。

朝の澄《す》んだ空気に凜《りん》とした声が響《ひび》く。途端《とたん》、動きを止めた人影は一目散に駆《か》け去る……かと思いきや、こちらへとむかってくる。

思わず身構えた瑠璃の脳裏に、皇子を狙う第三者の可能性がよぎる。

「だれ、とはご挨拶《あいさつ》ね、小娘《こむすめ》」

「珊瑚、さま」

だが、皮肉げに声をかけてきたのは珊瑚だった。遠目とはいえわからなかったのは、その格好だ。

早朝だからだろうか。いつもは高く結《ゆ》われている髪《かみ》は肩《かた》へ流すようにしてひとつに結われ、装飾品《そうしょく》の類《たぐ》いもほとんどつけていない。

「失礼いたしました。——このような朝早くから、ここでなにを？」

非礼を詫《わ》びつつ問うた瑠璃に、珊瑚は小さく鼻を鳴らした。

「異常がないかたしかめにきたに決まってるでしょ。あんなことがたて続けにあったんだから」

「それ、は……」

どうやら毎朝ここを訪れる紫苑に先立ち、異変はないか確認《かくにん》しにきたらしいが、面とむかって『怪《あや》しんでいる』と言われているに等しいそれに自然と瑠璃の眉《まゆ》がよる。

「やはり、お疑いなんですね」

「紫苑さまが違うって言うなら違うんでしょうよ。——納得《なっとく》できるかどうかは別として、だけど」

つい零《こぼ》れた言葉に、珊瑚が胡乱《うろん》げに目を眇《すが》めた。

「大体、大王を蔑《ないがし》ろにするあんたたちの、なにを信じろっていうわけ？　信じてもらいたいならそれなりの誠意を見せなさいよ、誠意を」

もっともな言い分に、言葉につまる。

そんな瑠璃に珊瑚は再び鼻を鳴らした。

「そうだ、良い機会だから聞いとくわ。――あんた、一体紫苑さまのことどう思ってるワケ？」

「どうって……」

のぞきこむようにして問われ、鼻白んで顎《あご》をひく。

「なんとも思ってないなら、思わせぶりな態度をとらないでよね。いやらしい」

「思わせぶりな態度なんてとってません」

これには心外だと眦《まなじり》を吊《つ》りあげれば、「ふん、どうだか」とひどく冷ややかなまなざしとぶつかった。

「はっきり言って、邪魔《じゃま》なのよ、小娘。あの方がこんなところで大王の命をはたせず燻《くすぶ》ってるのも、あんたのせいじゃない」

「言いがかりは止《や》めてください」

瑠璃は負けじと目に力をこめた。

「疑われるのはしかたがありません。だからといって、紫苑さまの行動の責任までこちらに被《かぶ》せられても困ります」

「……言ってくれるじゃない」

まなざしはそのままに、珊瑚の唇《くちびる》がうっすらと弧《こ》を描《えが》く。

「それだけ生意気な口がきけるくらいだもの。当然、次になにかあった時は責任とってくれるのよね？」

覚えておくわ、と捨て科白《ぜりふ》のように言い置いて、珊瑚はくるりと背をむけた。それは論点が違うとこちらが反論する隙《すき》も与《あた》えず、あっという間に立ち去っていく。

図《はか》らずも見送る形になったうしろ姿に、瑠璃は言い損ねた言葉を吐《は》きだすように息をついた。

「あの人たちがきてからというもの、厄介《やっかい》ごとばっかりね」

頭をひとつ振って、歩を再開する。

たどりついた神殿を前に長い階《そこ》を見上げると、瑠璃は雑念を払《はら》うように一歩一歩段をのぼりはじめた。

「あ、巫女《みこ》さま！」

　昼過ぎ、先日だめになってしまった紫根《しこん》を改めて採取し直そうと里の外へでた瑠璃は、さほどいかないうちにかけられた声に足を止めた。

　またか、と溜息《ためいき》をつきたい気分をおくびにもださず、慌《あわ》てた様子でこちらへ駆けてくる初老の女性に挨拶する。

「こんにちは」

「ええ、こんにちは……いや、挨拶なんぞは今はええんです。それより巫女さま、外へでられるつもりなら今日は止められた方がええ」

「？　どうしてです？」

　真剣《しんけん》な面持《おもも》ちで首を横に振った女性に戸惑《とまど》う。雨が降りそうだとか、特に止められる理由もないのに止めろとはどういうことだろう。

「さっき畑仕事してる時に、見たんですよ」

「熊《くま》か猪《いのしし》でも……？」

「そんなもんじゃありゃしません。見慣れぬ男どもが畑のむこうをとおるのをですよ」

「見慣れない男たち？」

　不穏《ふおん》さを増した内容に、瑠璃は軽く眉を顰《ひそ》めた。

「ええ、あれはこのあたりの人間じゃあない。まるで、ほら、あの都からきたっちゅう連中のようじゃった」

「——皇子さま方と同じような風体《ふうてい》だった、ということですか？」

「ええ、ええ」

何度も頷《うなず》く女性に、鼓動《こどう》が、どくり、と鳴る。

「まさか……」

本当に、紫苑を狙《ねら》う外部の人間が……？

疑心暗鬼とは別の、恐怖《きょうふ》とも焦《あせ》りともつかない感情が、背中を震《ふる》わせた。

「巫女さま？」

急に顔色を悪くして黙《だま》りこんだ瑠璃を、気遣《きづか》わしげに女性がのぞきこんでくる。急いで思考の淵《ふち》から意識をひき戻《もど》し、なんでもないのだと首を振《ふ》った。

「そういうことなら、今日は止めておきます。あと、父たちにも念のために伝えておきますね」

「ああ、それがええです。最近、なにかと物騒《ぶっそう》ですしなぁ」

「教えてくれてありがとうございました」

やれやれといった風情《ふぜい》で大きく首を左右にした彼女に礼を告げ、瑠璃は踵《きびす》を返した。逸《はや》りそうになる足と心をなんとか押し止《とど》めつつ、里へと戻る。

杞憂《きゆう》かもしれない。そもそも彼女の見間違い、もしくは勘違《かんちが》いということもある。

だが、妙《みょう》に胸が騒《さわ》いだ。

紫苑が狙われている可能性がある以上、このまま捨て置けない。

「もしかしたら、痺《しび》れをきらした大王《おおきみ》からの別口の使者かもしれないけど……」

一応別の可能性を考えてみる。が、自分で口にしてみたものの、やけに空々しく耳に届いた。使者ならば正々堂々と里へはいってきたらいい話で、こそこそする必要はない。なにより、追加の使者にしてはくるのが早すぎる。

——一応、知らせておくだけ。あんなことがたて続けにあったんだもの、用心してしすぎるということはないはず。

自分を納得させるように、胸の中で呟《つぶや》く。

そうしながら駆られる不安に背中を押されるように瑠璃は先を急いだ。

「皇子《みこ》さまは？　こちらにいらっしゃる？」

屋敷《やしき》の門を潜《くぐ》り、いきあった家人に紫苑の居場所を尋《たず》ねる。

いつになく切羽詰《せっぱつ》まった様子の瑠璃に、相手は気圧《けお》されるように頷いた。

「は、はい。派手な……いえ、従者のお一人はでておられますが、皇子さまは本日はお出かけにはなっていないようです」

「そう、ありがとう」

そのままとおりすぎようとして、あ、と足を止める。

「ごめんなさい。これ、片付けておいてもらえる？」

背負ったままだった籠《かご》と手にした鍬《くわ》を家人に預ける。気が逸って忘れていたが、さすがにこんなものを持っていては、不躾《ぶしつけ》を越《こ》えて物騒だ。

瑠璃はすこし冷静になった頭で、衣服の砂埃《すなぼこり》を払い、手ぐしで乱れた髪《かみ》を整えた。

――派手ってことは、珊瑚さまはいないんだわ。

こちら側に疑惑《ぎわく》がかかっている最中に、護衛である彼が出歩いていることに違和感《いわかん》を覚えるが、朝のこともある。彼らは彼らでなにかを探《さぐ》っているのかもしれない。それだけ琥珀に信用を置いているということでもあるのだろう。

正殿《せいでん》と別棟《べつむね》を繋《つな》ぐ出入り口で見張りに立つ者に念のためと在室を問えば、さきほどと同じ答えが返ってくる。

「ご一緒《いっしょ》いたしましょうか？」

当然一連の騒動を知っている男が声をかけてくるが、瑠璃は「すこしお伝えしたいことがあるだけだから」と断った。

一人別棟の敷地《しきち》へと足を踏《ふ》みいれながら、さてどう伝えたものか、と今さらながらに思案する。

――ここは、余計な考えをさし挟《はさ》まず、見慣れない者たちが里のまわりをうろうろしているからって注意を促《うなが》すに留《とど》めるべきかしら……。

見てもいないのに、都風の、などつけ加えるべきではないだろう。出水と大倭、両者の関係がぴりぴりしている今、極力誤解を招きそうな言葉は控《ひか》えた方がいい。

要は、紫苑に警戒《けいかい》を促せたらいいのだ。

「今朝もきてたしね……」

普通《ふつう》、あんなことがあったあとは用心するものだろう。なのに彼は、昨日も今日もなにごともなかったように朝の勤めを終えた瑠璃のもとへ現れた。ぴりぴりしていたのは、琥珀や珊瑚だけだ。

本当に偶然《ぐうぜん》だと思っているのか、そう装《よそお》っているのかはわからないが、ここまで変わらないのは狙われたかもしれない当の本人だけだ。

実際のところ、紫苑はどう捉《とら》えているのだろうか……と階《きざはし》へむかおうとした瑠璃は、

「――いつまでこのようなことを続けられるおつもりです」

いらだち混じりの声に、とっさに曲がったばかりの建物の角へ身を隠《かく》した。そうっと声の方をうかがうと戸口付近にふたつの人影《ひとかげ》がある。

「どいてくれる？　瑠璃のとこにいかなきゃいけないんだから」

「それを！　いつまで続けられるのかと聞いているんです」

彼にしては珍《めずら》しく、琥珀が険をあらわに紫苑へ食ってかかる。どうやら、でかけようとする紫苑と止める琥珀で揉《も》めているようだ。

今でていくのはまずい、と肌《はだ》で悟《さと》って瑠璃は息を潜《ひそ》めた。

「あの娘《むすめ》に近づいたのは、もちろん紫苑さまなりのお考えあってのことでしょう。が、これ以上はむだです」

「――！」

あがりそうになった声を、すんでで袖《そで》で押さえて呑《の》みこむ。

この話の中心は、自分だ――。

「むだ？」

「ご自身を危険に晒《さら》してまで機嫌《きげん》をとる意味はないということです」

色のない声が短く問えば、溜息混じりの声音《こわね》が答える。

これ以上、聞いてはいけない。――頭のどこかがそう訴《うった》えかけてくるが、瑠璃は凍《こお》りついたように動けずにいた。

「こうなったからにはあの娘を脅《おど》してでもそそのかしてでも、大王の命である出水の秘薬――トキジクノカクノコノミを……」

トキジクノカクノコノミ。

その響《ひび》きを聞いた途端《とたん》、今まで動かなかった身体《からだ》が嘘《うそ》のように大きく揺《ゆ》らいだ。無意識に身体を支えようとした足が、一歩うしろへさがる。

ざり…っ、と本当にかすかな音が足元からあがった瞬間《しゅんかん》、琥珀の言葉がぴたりと止まった。息を呑む気配が二人分伝わってくる。

「だれだ!?」

鋭《するど》い誰何《すいか》が耳を打つ。

即座《そくざ》に場の空気がぴんっと張りつめた。

そのわずかな間に、瑠璃の脳裏《のうり》を駆《か》け巡《めぐ》っていくものがあった。

はじめて会った時に告げられた、婿《むこ》にしてくれという言葉。一目惚《ひとめぼ》れと称《しょう》して会いにきていた日々。

頻繁《ひんぱん》に里の中を出歩いていたことや、里の人々に気軽に声をかけていたこと。

こんな時にもかかわらず、珊瑚がここにいないわけ。さらには、なぜあんなところをうろついていたのか。

そして、翡翠に問うた『橘の里』の由来――。

――……そう、だったんだ。

ぐっと手足に力がこもる。『あの皇子は別の目的で動いている可能性がある』という翡翠の言葉が、耳の奥に甦《よみがえ》った。

すべては――この『目的』のためだったのだ。

「……っ」

瑠璃はやおら面《おもて》をあげると、さがっていた一歩を踏みだした。もう一歩、踏みしめるようにして前へとでる。

「っ、あなたは……！」

「瑠璃…ッ」

建物の陰《かげ》から姿を現したこちらに、愕然《がくぜん》とした声が重なった。

瑠璃は紫苑たちの方へ身体をむけた。

「なるほど、剣《けん》を献上《けんじょう》せよ、というのは出水を訪《おとず》れるための建前でしたか」

「瑠璃！　待っ……」

いつもの飄々《ひょうひょう》とした風情《ふぜい》はどこかへ、焦燥《しょうそう》を滲《にじ》ませた紫苑に、うっすらと口元に笑《え》みを浮《う》かべる。

こちらも常ならぬ表情に、二人の男は怯《ひる》んだように顔をこわばらせた。

「非時香菓《トキジクノカクノコノミ》──その実を食べた者は不老不死になれるという伝説のある木の実ですね。たしかに、この里にはそういった秘薬があると言い伝えが残されているようですが……」

一度言葉を切って、瑠璃はひたと視線を紫苑へ据《す》えた。

「残念ながら、そのようなもの見たこともありません」

そんなもの、あるわけがない……あれば、だれより先に自分が手にいれていた。

瞳《ひとみ》に宿った思いに気づいたように、紫苑が軽く目を見開く。

「瑠璃……」

「そのような子ども騙《だま》しを信じるなど、大王もたいした人物ではありませんね。──早々におひきとりください、皇子さま方」

物言いたげな紫苑も、大王《おおきみ》への侮言《ぶげん》に色めきたった琥珀も意に介《かい》さず宣言すると、瑠璃は踵《きびす》を返した。

「待って、瑠璃！」

すかさず追いかけてきた制止を振《ふ》りきって駆けだす。

「えっ、巫女《みこ》さま!?」

突然《とつぜん》走りでてきた瑠璃に、見張りがぎょっとする。

「足止めしておいて！」

足も止めずにそれだけを叫《さけ》ぶ。しばらくしてうしろから揉めるような気配が伝わってきたが、振り返ることもなく門へとひた走る。

どこでもいい。一人になりたかった。

正殿へ駆けこめばさすがの彼も追ってこられないだろうが、すぐに騒動を聞きつけた父か翡翠がやってくるはずだ。彼らに今の話をするべきなのは頭ではわかっている。

けれど、今だけはだれとも会いたくない。

常にとり乱すことのない瑠璃が廊《ろう》を走る姿に、すれ違《ちが》う家人たちが一様に驚《おどろ》く。それすらわずらわしく、瑠璃は門の外へと飛びだした。

足が自然と神殿《しんでん》の方へむかう。

「──りッ」

鼓動《こどう》と風の音だけが響いていた耳に、聞き慣れてしまった声がかすかに届く。

地面を蹴《け》る足に力をこめながら、瑠璃はぐっと奥歯を嚙《か》み締めた。

「──して…っ」

どうして、自分は『裏切られた』と思っているのだろう？

どうして、あの笑顔も甘い言葉も優《やさ》しさも、『目的』を達するための手段でしかなかったと知って、傷ついているのだろう？

──わかってたことじゃない……！

警戒していたはずだ、会って間もないのに「好きだ」などと告げる彼を。

きっと国造《くにのみやつこ》の娘だから調子のいいことを言って懐柔《かいじゅう》しようとしているだけだと、疑っていたはずだ。

なのに、心はこんなにも傷ついている。

だからこそ、気づいてしまった。

──……わたしは、信じたかったんだ。

肩書《かたが》きでも表面上のものでもなく、『瑠璃自身』とむきあってくれた彼に、いつしか心を許しはじめていた。

だからこそ、見慣れぬ集団がいると耳にした時、真っ先に『彼を狙《ねら》う第三者』の存在がよぎったのだ。警戒心を抱《いだ》いたままだったら、都風の男たちだったと聞けば普通《ふつう》は彼らの仲間かと思ったはずだ。

もちろんそこには翡翠への疑いを晴らしたい気持ちもあった。一方で、無意識のうちに『紫苑の仲間』だという可能性を排除《はいじょ》していたことに、ようやく気がつく。

「……翡翠兄さま、兄さまの言うとおりだった」

苦しい息の下、瑠璃はそっと自嘲《じちょう》した。

所詮《しょせん》は住む世界の違う人間だったのだ。

今までも、これからも――。

瑠璃は脇目《わきめ》も振らず神殿の境内《けいだい》へと飛びこんだ。が、階《きざはし》には目もくれず神殿の横を走り抜《ぬ》けていく。

やがて、低い木の柵《さく》が眼前に見えてくる。そこが神の住まう山と人里との境目だった。

瑠璃はちらりと背後に目をやった。

男女の差か二人の身体能力の差か、紫苑はもうそこまで迫《せま》っていた。

「瑠璃！　話を聞いてほしいッ」

「…………」

普段《ふだん》の彼なら足を踏《ふ》みいれない階の奥――こちら側へとむかってくる紫苑に双眸《そうぼう》を細め、瑠璃は腰《こし》ほどの高さの木戸に手をかけた。

神域と人の住む場を、頑丈《がんじょう》な柵で区切る必要はない。神の力を恐《おそ》れるがゆえに、里人ならどんな幼い子どもでも御山《みやま》に足を踏みいれるような真似《まね》はしないからだ。これは間違ってはいりこまぬようにするためのただの目安だ。

その境界をいとも簡単にとおり抜け、瑠璃は山へと踏みこんだ。

緩《ゆる》い上りの斜面《しゃめん》に木を組みあわせ、土を固めた段が上へと延びている。瑠璃は裾《すそ》をからげ持つと、臆《おく》することなくそこを駆けのぼっていく。

両脇《りょうわき》には高い木が立ち並び、鬱蒼《うっそう》とした影《かげ》をおとしている。昼間でも薄暗《うすぐら》い山道は奥深くにわけいるにつれ、人でないものたちの気配を濃《こ》くしていく。

それは木々の呼吸であり、山に住む生き物の息遣《いきづか》いであり――すべてを内包してなお耳を打つ、言い知れぬ静けさだ。

荒《あら》い呼吸が、胸を突《つ》き破らんばかりに鳴る鼓動が、うるさい。

がくがくと悲鳴をあげはじめた膝《ひざ》を叱咤《しった》して、瑠璃はひたすらに足を動かす。

どれくらいそうしていたのか、ふと前方が明るくなった気がした時だった。意識が前へとそれた一瞬《いっしゅん》、あげ損ねた右足の爪先《つまさき》が段《そこ》にひっかかる。

「――あ…っ」

「……る、りッ」

転ぶ、と思った直後、強く腕《うで》を掴《つか》まれた。そのまま、ぐいっと傾《かし》いだ身体《からだ》をうしろへとひき戻《もど》される。

ドンッ、とかなりの勢いで背中からぶつかったが、抱《だ》き留めた身体は小揺《こゆ》るぎもしなかった。

はあはあはあ――……。

束《つか》の間、荒く息を吐《は》く音だけが重なった。

しばらくして、はーっと一際《ひときわ》大きく吐きだされた呼気が、瑠璃の乱れた髪《かみ》を揺《ゆ》らした。

「――っと追いついた」

放すまいとするように、腰へ回された腕に力がこもる。

どこか茫然自失《ぼうぜんじしつ》の体《てい》で肩《かた》で呼吸を繰《く》り返していた瑠璃は、くすり、と小さく笑いを零《こぼ》していた。

「瑠璃？」

「……ここまでは、追ってこないと思っていたのに」

怪訝《けげん》そうに呼ばれるのを遠く耳にしながら、独り言のように呟《つぶや》く。

『ここが神の御前《ごぜん》であることには変わりない』――結局、あれも建前だったということね」

でなければ、神の住まう山だと説明した神域に踏みいってくるわけがない。

そう乾《かわ》いた笑いを滲《にじ》ませた瑠璃は、ふいに背中の体温が離《はな》れるのを感じた。どうするつもりかとされるがままになっていると、急に身体を反転させられる。

「っ、な、にを…っ」

むかいあう形で両肩《りょうかた》を痛いほどに摑まれ、さすがに声を荒げれば、見たこともないほど険しい表情が返った。

「好きな女が傷ついてる時に、神だのなんだの関係あるか！」

「——っ」

その剣幕《けんまく》に押されるようにして息を呑《の》む。

しかし次の時、一時鳴りを潜《ひそ》めていた怒《いか》りがむくりと顔をもたげた。

「放して！」と強く身体をよじる。だが、大きな手はびくともしない。瑠璃は代わりのようにきつく紫苑を睨《にら》みあげた。

彼女の感情に反応したように、胸元《むなもと》がごそりと動いたが、それを気にしているような余裕《よゆう》はなかった。

「……好き？　性懲《しょうこ》りもなく、よくそんなことをっ」

「懲りるもなにも、嘘偽《うそいつわ》りのない気持ちを言ってるだけだからね。——とりあえず、話を聞いてほしい」

だからおりよう、と今度は手首をとられる。そのまま踵《きびす》を返そうとした紫苑に、

「話？　言い訳か誤魔化《ごまか》しの間違いでしょう？」

瑠璃は摑まれた手を払《はら》うように強く腕をひいた。放すまいと手首を握《にぎ》る手に力がこもったが、今度はこちらもひく力を緩めない。

だが、腕が痛みを覚える前に、紫苑は長嘆息《ちょうたんそく》をおとすとおもむろに握った手を開いた。

「──言い訳でも誤魔化しでも話を聞いてくれるなら、なんでもいいよ。それに、これ以上神の地を騒がすのは、瑠璃も本意じゃないだろ？」

「神の地……？」

代わりにさしだされた掌《てのひら》に、瑠璃は摑まれていた手を胸へと抱《かか》えこみながらうしろ足で一歩、段をあがった。

「ええ、そうですね。──自分の領域を荒《あ》らされれば腹をたてるかもしれませんね、たとえなにもしてくれない神でも」

「瑠璃……？」

彼女の瞳《ひとみ》によぎった怒りとは別の仄暗《ほのぐら》さに、紫苑が怪訝そうに眉《まゆ》をよせる。

それを見ながら、ああそうか、とどこか腑《ふ》におちる。

神も人間も変わらない──期待する方が、愚《おろ》かだったのだ。

「けれど、そう思うのなら、あなたが立ち去ればいいだけの話だわ」

瑠璃はすっと冷えた感情で言い捨てると、紫苑に背をむけた。さらに上をめざそうとした背中へ、

「──たしかに！」

神への遠慮《えんりょ》を放棄《ほうき》したのか、もともとなかったのか、紫苑の高声が響《ひび》いた。

「琥珀の言ってた、大王《おおきみ》の命に嘘はない。……けど、オレの瑠璃を好きだって気持ちまで偽り扱《あつか》いされるいわれはない、たとえそれが瑠璃でもね」

「……っ」

段にかけようとしていた足が止まる。

この期《ご》に及《およ》んで、まだ丸めこもうというのか。こちらの心を乱そうというのか。

そんな紫苑にも、諦《あきら》めたはずなのに心が揺れてしまう自分にも、腹がたつ。

「——それで？」

瑠璃は自らの心を抑《おさ》えつけるように淡々《たんたん》と口を開いた。

「わたしの機嫌《きげん》をとって狙うのは、トキジクノカクノコノミ？　それとも、いっそ出水国そのもの？」

ことさらゆっくり振《ふ》り返ると、紫苑を見据《みす》える。たった一段では見下ろすこともままならず、そんなことまで憎《にく》らしい。

「オレがほしいのは瑠璃の想《おも》いだけだ」

「っ……もしかして、例の出来事もわたしたちに罪をなすりつけるための、自作自演だった？」

「言ったでしょ？　あんなのはたまたまだって」

「その言葉のなにを信じろっていうの？　現に里の中を探《さぐ》り歩いていたくせに…っ」

「お目付役がいる以上、ふりだけでもしておかないとうるさいからね」

瑠璃が言葉を重ねるたび、打てば響くように応《いら》えが返る。

「それ、に…っ」

胸の中にはさまざまな思いが渦巻《うずま》いているのに、それをうまく言葉として捕《つか》まえられずに唇《くちびる》を嚙《か》む。

黙《だま》りこんだ瑠璃に紫苑は「それに、なに？」と首を傾げた。

「言いたいことは全部言って？　なんでも答える」

「——……ひとめ、ぼれって」

促《うなが》されて絞《しぼ》りだしたのが、そんな一言だった。

意表を衝《つ》かれたように軽く目を瞠《みは》った紫苑が、「ああ、うん……」とどこか寂《さみ》しげに笑う。

「それについては、ごめ——」

ん、と唇が動いた——瞬間、紫苑が鋭《するど》く背後を振りむいた。

と時をほぼ同じくして、キッ、と声をあげたソラがあわせから顔をのぞかせて鼻をうごめかす。

やっぱり……と胸に影《かげ》を兆《きざ》しかけていた瑠璃は、唐突《とうとつ》な一人と一匹《いっぴき》の反応に目を瞬《また》かせた。

——な、に？

なにか起こっていることは、わかる。だが、なにが起こっているのかはわからない。

一瞬にしてぴりりと肌《はだ》を刺《さ》すような緊張感《きんちょうかん》を孕《はら》んだ空気に、瑠璃は必死にあたりに目を凝《こ》らし、耳をすました。――と、ぱきり、と小枝を踏《ふ》む音がした。

「!」

「だれだ」

なにかいる、と緩《ゆる》やかな曲がり目になっている山道を凝視《ぎょうし》した瑠璃の耳を、低い誰何《すいか》が打つ。自分にはわからない気配を紫苑は感じとっているらしい。

知らず知らずのうちに小さく喉《のど》を上下させた瑠璃の視線の先――山の陰《かげ》から、紫苑の声に応《こた》えるように人影《ひとかげ》が現れる。

それも、ひとつやふたつではない。木々の暗がりのむこうからも次々と男たちが姿を現した。ざっと十はいるだろうか。いや、身を潜めているだけでもっといるかもしれない。

この山が神の山だということは、里人や出水国の人々はおろか、近隣《きんりん》の国々でも周知の事実だ。まさか神域に自分たち以外の人間が、しかもこれほどの人数がいるとは思わず、瑠璃は目を瞠った。

「――あ」

その脳裏《のうり》に閃《ひらめ》くものがあった。

「もしかして……」

「――こいつらに心あたりが?」

無意識に口を突《つ》いた呟《つぶや》きを拾ったらしい。近づいてくる男たちから瑠璃を背にかばうようにして身構えた紫苑が尋《たず》ねる。

「さっき、聞いたの。里の近くに見慣れない集団がいたって、都風の」

自分はそれを彼に報《しら》せるために出向いたのだ。すっかり頭から抜《ぬ》けおちていた。

瑠璃の説明に「ふーん……」と紫苑がどこか場違《ばちが》いなあいづちを返す。

「なるほど。だったら、こいつらの狙《ねら》いは——オレの命」

「——てとこかな？」と彼が皆《みな》まで続ける前に、男たちのまとう空気が一気に殺気を帯びた。

だれの指示があったわけでもないのに、いっせいに剣《けん》をひき抜く。

「——これで、あのふたつがすくなくとも自作自演じゃないって、信じてくれた？」

「なっ……今はそんなこと、言っている場合じゃないでしょう！」

争いごととは無縁《むえん》の瑠璃にもわかる。男たちが紫苑にむける殺意は、やらせなどという生温《なまぬる》いものではない。

じりっと包囲をせばめてくる男たちに紫苑は腰《こし》の剣に手をかけながら、ちらりと瑠璃の方を見返った。にこりと笑《え》む。

「オレにとって、瑠璃以上に大事なことなんてないよ」

「！」

なにをふざけたことを、などと言う暇《ひま》もなかった。

「——ってことで、走ってッ！」

うしろ手で、どん、と身体《からだ》を押される。

それを合図として、男たちが雄叫《おたけ》びをあげて紫苑へと殺到《さっとう》してきた。

「紫苑さま⁉」

「いいから！」

無茶《むちゃ》だと声をあげるが、早くいけとばかりに怒鳴《どな》り返される。瑠璃はきゅっと唇を噛むと、顔をだしていたソラをあわせ深くに押しこんで、たっと身を翻《ひるがえ》した。

自分があそこにいても足手まといになるだけだ。ならば、せめて邪魔《じゃま》にならないように逃《に》げるしかない。

「……すけを……っ」

ともかくこの場を離《はな》れて山をくだり、助けを呼ばないと……と段を駆《か》けのぼる背に、ギィン！　と鈍《にぶ》い金属音が聞こえる。はっと反射的に肩越《かたご》しに目をやれば、男たちの一人と紫苑が剣を交わらせていた。

その光景に、瑠璃は眉を顰《ひそ》めた。

——あの人、剣を抜いてない？

見ると紫苑は剣を鞘《さや》から抜かずに応戦していた。

交わりを解いたかと思うと剣を返し、すばやく相手の喉元《のどもと》へ鞘の切っ先を突きこむ。男は鈍い呻《うめ》きをあげて倒《たお》れこむが、すぐに次の男が襲《おそ》いかかってくる。

「どうして……」

いくら腕《うで》に自信があって、相手も動きを制限される山林の中とはいえ、あの人数を相手に無《む》謀《ぼう》だとしか思えない。

ひょいっと身軽に突進《とっしん》してくる男をかわし、その背を蹴《け》りつける紫苑の姿に、もしかして……とよぎる。

「神域を、血で穢《けが》さないため、とか？」

それで自分が怪我《けが》を負ったりしたら、それこそなんの意味もない。

しかし、思い返すと毒ヘビの一件の折も紫苑は剣を抜かなかった。あの時は気にも留めなかったが、なにか理由があるのだろうか？

だからといって逃げるしかできない自分に、彼の戦い方になんの口出しができるだろう。遠慮はいらない、とでも言えばいいのか。

なにもできないもどかしさを抱《かか》えながら、瑠璃は山肌《やまはだ》に造られた段をのぼりきった。そこはやや開けた場所になっており、平らかに近い緩やかな斜面《しゃめん》がしばらく続く。

瑠璃は木々の奥、明るい方をちらりと見たあと、すばやく左右に目を走らせた。方角を間違えば人里へおりるどころか、さらに奥へわけいってしまう。

「――こっち」

かといって悩《なや》んでいる暇もなく、方向を定めた瑠璃が再び走りだそうとすると、がさり、とわずかに下手で音がした。びくっと身を硬《かた》くしてそちらへ首を巡《めぐ》らし、息を呑《の》む。

隠《かく》れていたのか、回りこんできたのか、男が一人、紫苑の背後へと回る形で山道へおりたっていた。彼へむかって駆けくだっていく。

——このままじゃ……！

挟《はさ》みうちになる、と感じるが早いか、瑠璃は叫《さけ》んでいた。

「紫苑さま、うしろ！　上から一人がッ」

こちらの声に反応したのか、気配に気づいていたのか、別の一人の剣を受け止めていた紫苑が、背後を一瞥《いちべつ》した。

瑠璃はその眉間《みけん》にぐっと皺《しわ》がよるのを見た。

男も見逃《みのが》さなかったのだろう、垣間見《かいまみ》えた横顔にははっきりと優位を悟《さと》った笑みが刻まれていた。躊躇《ためら》うことなく紫苑の背へと剣が振《ふ》りあげられる。

「紫苑さま……！」

悲鳴混じりの声をあげて、瑠璃はとっさに彼の方へ足を踏みだしていた。

ヒュンッ、と空気を裂《さ》いて剣が唸《うな》る。

「グ…アッッ」

ついで聞こえた呻きに、さっと顔から血の気がひく。

まさか!?　ときた道を駆け戻《もど》ろうとした時、がっくりと膝《ひざ》を折ったのは手前にいた男の方だった。

　なにが起こったのかわからないまま立っている人影に目を移した瑠璃は、ぎくりと動きを止めた。

「……え」

　――だ、れ……？

　……いや、紫苑だ。けれど、一瞬《いっしゅん》別人かと見紛《みまが》うくらいに、まとう雰囲気《ふんいき》が一変していた。

真剣《しんけん》というのとは違う。それはまさしく豹変《ひょうへん》だった。

　普段《ふだん》の飄々《ひょうひょう》とした明るさは完全に鳴りを潜《ひそ》め、その顔からはすべての表情が削《そ》ぎおとされている。それこそ、触《ふ》れれば切れる冷たさを全身にまとわせていた――右手に握《にぎ》る、鋭《するど》い輝《かがや》きを放つ抜き身の刃《やいば》のように。

　左手に握る鞘で前方の男の攻撃《こうげき》を防いだまま、右手で剣を抜き放って後方からしかけてきた男を斬《き》り伏《ふ》せた紫苑は流れるように刃を返した。そのままなにが起こったのかと啞然《あぜん》としている前方の敵を無造作に斬り捨てる。

　その一切《いっさい》の動作にむだはなく、眉《まゆ》ひとつ動かない。

　強さに加えて迷いの消えた攻撃に、囲んだ男たちの顔がひきつるようにこわばった。

「――あの時と、一緒《いっしょ》……」

　目の前の紫苑は、草原ではじめて顔をあわせた時の彼と同じ気配をしていた。

もしかして、こちらこそが本当の彼なのだろうか……と思いかけ、瑠璃ははっと頭《かぶり》を振った。今はそんなことを考えている場合ではない。敵が圧倒《あっとう》されている間に助けを呼びにいかなくては。

張りついたような無表情の紫苑と、じりじりと測るように距離《きょり》をつめる男たちの睨《にら》みあいを横目に、今度こそ走りだそうとして――動けない。

――いつのまに…っ

紫苑に気をとられている間に、むかおうとしていた方向に立ち塞《ふさ》がる形で男が立っていた。にやにやと質《たち》のよくない嗤《わら》いを浮《う》かべて、のっそりといたぶるように近づいてくる。

まずい、とすかさずむきを変えた瑠璃だったが、拍子《ひょうし》に紫苑をとり囲む男たちの一人と目があった。

「！」

ぞわり、と背筋に走った寒気に、標的として狙いを定められたことを本能で悟る。

案の定、男は輪をはずれ、前方へ回りこむようにして斜面をこちらへとむかってくる。

――捕《つか》まるわけには、いかない。

彼らも今の紫苑には束になっても敵《かな》わないと肌《はだ》で感じているのだろう。自分を人質《ひとじち》にして彼の動きを止めようとしているのだ。

瑠璃は前後の男へ視線をやり、ぱっと身を翻《ひるがえ》した。

「待てよ！」

奥へと駆けだした背中を、笑いを帯びた声が追ってくる。その叫声《きょうせい》が張りつめていた均衡《きんこう》を破ったのか、次々に叫びがこだまし、刃を交《か》わす高い音が響《ひび》く。

瑠璃は木々の間を縫《ぬ》うようにして、不規則に足を走らせた。まっすぐ進んでいたら、女の足ではすぐに追いつかれる。なにより、あっという間に逃げ場を失ってしまう。

「この……ちょこまかとっ」

すぐ捕まえられるとなめていたのか、舌打ちが聞こえてくる。

「おいっ、そっちに回れ！」

痺《しび》れを切らした男の叫びに、瑠璃は木をかわしざまそちらへ目をやった。

二手にわかれた男の一人が、先回りするように木々を迂回《うかい》するのが見える。このままでは挟みうちだ。むきを変えようにも、残る一人が巧《たく》みに反対方向へむかおうとするのを邪魔する。

どこへむかうべきか、一瞬の迷いが瑠璃の足を鈍らせる。

その隙《すき》を見逃してくれるような相手でもなかった。

「追いかけっこは終わりだ！」

一気に距離をつめてきた男が、横合いから腕を伸《の》ばしてくる。

瑠璃はすんでで身体《からだ》を捻《ひね》ってその手をかわした。直後、ぐんっと左腕《ひだりうで》が重くなる。

え？　と見下ろすと、幅広《はばびろ》の袖《そで》を男の手が掴《つか》んでいた。

「よくもさんざん逃《に》げ回ってくれたな」

「や…っ」

手繰《たぐ》りよせるようにひかれた袖に、瑠璃は足を踏《ふ》みしめて抵抗《ていこう》する。なんとか振り払《はら》おうと身を捩《よじ》ろうとして、
ヒュン――ッ
鋭い風が顔の前を一閃《いっせん》した。

と、左腕がいきなり軽くなる。

なにが……と目を移した先にあったのは、布の切れ端《はし》だけを握り締《し》め、こちらも間の抜《ぬ》けた顔を晒《さら》す男の姿だった。

「……今、の……きゃっ」

しかし、事態を呑みこむ余裕《よゆう》もなく、今度は左手首をとられ、ぐいっとひっぱられた。身体を支えるために反射的に足を踏みだせば、そのまま否応《いやおう》なく走らされる。

目を白黒させながら、瑠璃は自分の腕をひいて前をいく見覚えのある背中に声をあげた。

「紫、苑さま……!?」

ついで、端をすっぱりと斬りおとされた袖がはためくのが目にはいる。

――これ……。

懸命《けんめい》に紫苑についていきながら、今起きた出来事の輪郭《りんかく》らしきものを悟る。おそらく、駆《か》け

つけた彼の手によって男が摑んだ袖の端だけを斬りおとされたのだ。

どちらにも傷ひとつつけることなく一瞬のうちに振るわれた剣《けん》に、感心をとおりこして寒気を覚える。男が手にしていたのはほんの切れっ端《ぱし》だっただけに、なおさらだ。

だが、一蹴《ひとけ》りするごとに明るさを増していく景色に、瑠璃ははたと顔つきをこわばらせた。

今はそんなことを悠長《ゆうちょう》に考えている場合ではない。

「待ってください、紫苑さま！」

走り続けてうるさいほどの鼓動《こどう》と息遣《いきづか》い、さらには地面を蹴散らす足音たちに混じって徐々《じょじょ》にはっきりしてくる音がある。

水音だ。

「——の先は、行き…っ」

聞こえているのかいないのか止まる気配のない足に、口走りかけた言葉を瑠璃は危《あや》うく呑みこんだ。

これを叫んだらうしろから追ってくる男たちにも聞こえてしまう。

——だけど、このままだと……。

どのみちあとがない、と瑠璃が意を決した時には一足遅《おそ》かった。

ふいに視界が開ける。

唐突《とうとつ》に林が途切《とぎ》れ、その先の地面がえぐられたように消えていた。そこまでの距離、瑠璃の足にして十歩あるかどうか。

まるで山が真っ二つに割れたかのような形で、眼前には谷が横たわっていた。

水音で気づいていたのか、反射神経の賜物《たまもの》か、紫苑は即座《そくざ》に足を止めると瑠璃を背にかばう格好で林の方へと反転した。

ばらばらと追いついてきた男たちは、それでもさきの半分ほどまでに減っていた。だが、瑠璃たちにあとがないとわかると、疲労《ひろう》の滲《にじ》む顔にはっきりと勝利を確信した者の笑《え》みを浮かべた。

半円を描《えが》くようにして、じりじりとこちらをとり囲む。

「紫苑、さま……」

この状況《じょうきょう》にあっても、うしろから垣間見《かいまみ》える紫苑の表情には焦《あせ》りはおろか呼吸の乱れひとつない。

「ひと、りで、逃げ――」

「――いいか」

苦しい息の中、瑠璃が必死に囁《ささや》くのを、冷え冷えとした声が遮《さえぎ》った。

「ここを動くな」

言い置くが早いか、空気が動いた。

紫苑が地面を蹴ったかと思うと、一番手近にいた男にむかって風が唸《うな》る。

「うあ……ッ」

次の瞬間、男は鈍《にぶ》い悲鳴をあげて握《にぎ》っていた剣をとりおとした。鮮血《せんけつ》に染まった腕《うで》をかばうようにして後退《あとずさ》る。

しかし、そのころには紫苑の標的は隣《となり》へと移っていた。

踏みこみざまに振《ふ》り抜いた剣を、相手が必死の形相でかろうじて受け止める。紫苑は力勝負に持ちこむことなく交わりを切ると、すばやく飛び退《すさ》って最初の位置へと戻《もど》った。

その数瞬《すうしゅん》の間に起こった出来事に、瑠璃は目を瞠《みは》った。

むだな口も動きも一切《いっさい》ない。いつもの彼とはまるで違《ちが》う。

――この人自身が、触《ふ》れれば切れる刃《やいば》にでもなったみたい……。

それほどまでに圧倒的で、近寄りがたい。

彼の醸《かも》す空気に呑《の》まれながらも、瑠璃は震《ふる》える掌《てのひら》をきつく握り締めた。

――きっと、わたしさえいなかったら、これだけの人数を相手に手間取ることなんてないんだ。

次の攻撃《こうげき》を仕《し》掛《か》けていく彼の背を固唾《かたず》を呑んで見つめながら、そうするしかできない自分がひどくもどかしい。

そんな折だった。視界の端になにかが映った気がして、瑠璃は視線をあげた。

「……！」

自分たちが走り抜けてきた木々の奥に、ひとつの人影《ひとかげ》があった。

——だれ？

遠さと薄暗《うすぐら》さの中、かろうじて男だろうとはわかる。ただ、それだけだ。騒《さわ》ぎを聞きつけてきた里の人間か、紫苑を追ってきた琥珀か、はたまた敵か……。

じっと目を凝《こ》らしていると、見られていることに気づいたのか、人影が身を翻したのがわかった。拍子《ひょうし》に緩《ゆる》くなびいた束ねられた髪《かみ》に、ひゅっと喉《のど》が鳴った。

「今、の」

まさか、と無意識に足がでる。

「ひす——」

「瑠璃ッッ」

あげかけた声を鋭《するど》く耳を打った叫《さけ》びがかき消す。

弾《はじ》かれたようにそちらへ首を巡《めぐ》らせれば、男が自分にむかって剣を振りおろすのと、眼前に飛びこんできた影があったのが同時だった。

ひょうっ、と剣が走り、ザシュ…ッと鈍い音が耳を揺《ゆ》らす。

一拍後《いっぱくご》、視界に散った鮮《あざ》やかすぎるほど赤い色に、瑠璃は呼吸を忘れた。

呻《うめ》きひとつ零《こぼ》さず、紫苑が右肩《みぎかた》を押さえて地面に片膝《かたひざ》をついた。その掌の隙間《すきま》から、止めどなく血が流れでてくる。

「ッ――おんさまッ！」

塞《ふさ》がれたような喉から、悲鳴がほとばしる。

「どう、して…ッ」

「――好きな子を、かばうのは、当然……でしょ？」

さすがに荒《あら》い息の下、いつもの彼らしい答えが返る。

どうしてこんな時ばっかりッ……と傍《かたわ》らに膝をつこうとして、さした陰《かげ》りにはっと顔をあげる。そこには紫苑にとどめを刺《さ》そうと男たちが迫《せま》っていた。

再度振りあげられた剣に、身体が紫苑をかばうように前へでる。

「――り……！」

切れた袖をうしろから摑《つか》まれながらも退くものかと目に力をこめた瑠璃の懐《ふところ》から、いきなり小さな影が飛びだした。すばやく肩へ駆けあがると、その勢いのまま今にも剣を振りおろさんとする男へむかって跳躍《ちょうやく》する。

「ソラ！」

「なっ⁉」

突然《とつぜん》、顔面に飛びついてきたモモンガに、男が叫声《きょうせい》をあげて体勢を崩《くず》す。周囲も虚《きょ》を衝《つ》かれたように男の方を見やる。

瑠璃は伸《の》ばしかけた手を握りこむと、すかさず紫苑の傍らにしゃがみこんだ。

「立てますか？」

彼の左腕を自分の肩へと回させる。青い顔で頷《うなず》いた紫苑を支えて立ちあがった。ぐっと肩にかかった重みに、よろめきそうになる両足に力をこめる。

「——っのネズミ風情《ふぜい》が！」

怒号《どごう》とともに男が顔に張りついたソラを力任せにひき剝《は》がし、投げ捨てた。キッ、という鳴き声とともに小さな体が背後の林へ消える。

「ソラッ」

瑠璃は血相を変えて叫んだが、返る反応はなかった。踏《ふ》みだしかけた足を、ぎりぎりのところで踏み留《とど》まらせる。

「る、り……すまな、」

「っ……紫苑さまのせいでは、ありません」

そうだ。紫苑が怪我《けが》を負ったのも、ソラのことも、自分をかばってのことだ。

本音を言えば、今すぐにでも捜《さが》しにいきたい。無事をたしかめたい。だが、今は傍らの温《ぬく》もりを失わないことを考えるのが先決だ。

「……」

瑠璃は一層凶暴《きょうぼう》な目つきになった男たちを前に、じりじりと後退った。

「へっ、もうあとはないぜ？　手間とらせやがって」

嘲笑《あざわら》う声に、肩越《かたご》しに背後を一瞥《いちべつ》する。翡翠《ひすい》玉のような深い色をたたえた流れが見える。谷は、もうすぐそこだ。

どうする？　と瑠璃は逡巡《しゅんじゅん》した。

――このままなら、紫苑さまが倒《たお》れるのが早いか、殺されるのが早いかの違いしかない。だとしたら……。

こくり、と喉を鳴らす。

瑠璃は男たちに目を据《す》えたまま、「紫苑さま」と低く囁いた。

「その命、わたしに預けてもらえますか？」

視界の端《はし》で、彼の双眸《そうぼう》が驚《おどろ》いたように見開かれたのがわかった。それも束《つか》の間、すぐに無表情に近かった顔に柔《やわ》らかな笑みが広がった。

「――喜んで」

彼らにとってはなんの前ぶれもなく笑った紫苑に、男たちの間に動揺《どうよう》が走る。瑠璃はその隙《すき》を見逃《みのが》さなかった。

「うしろへ！」

短く叫んで、紫苑を軸《じく》に回転する形で身体《からだ》のむきを変える。そうして谷へと足を踏みだした。

「おいっ、待て！」

なにをするのか悟《さと》ったように背後であがった声に、

「いきます！」

瑠璃は紫苑を抱《かか》えこむようにして、迷うことなく谷へと身を躍《おど》らせた。

四章 夢か現《うつつ》か

耳元で風が唸《うな》る。

どこまでもおちていくような感覚の中、腕《うで》にある温もりをきつく抱《だ》きこんだ。なにがあっても決して放すまいとするように。

次の時、叩《たた》きつけるような衝撃《しょうげき》とともに、全身が一気に水の中に呑《の》みこまれる。

口から息が逃《に》げることはなんとか耐《た》えたものの、今度は水底《みなそこ》へとひきずりこまれるかのごとく、身体が沈《しず》んでいく。濡《ぬ》れた衣裳《いしょう》が重く手足にまとわりつく感覚が、まるで逃がすまいとでもするかのようだ。

苦しい――。

輝《かがや》く水面《みなも》が、遠い。衝撃と息苦しさに、意識が薄《うす》らぎかける。

『痛いの痛いの、とんでいけー！』

その時、どこかで子どもの声が聞こえた気がした。

『――さん、笑ったらいいのよ』

ぽこり、ぽこり、と水面へのぼっていく泡《あわ》のように、屈託《くったく》のない明るい声が浮《う》かんでは消えていく。

――これ、は……？

どこか懐《なつ》かしさを覚える声に、遠のく意識を手繰《たぐ》りよせる。

『――元気になるといいな』

今度は別の声だ。一緒《いっしょ》に、こちらを見下ろすぎこちない、けれど優《やさ》しい笑顔《えがお》が浮かぶ。

――え？

見覚えのあるものより幼いそれに、思わず目を開いた直後、

「――っはッ、ゴホ……！」

水の中から顔が浮かびあがり、瑠璃は反射的にむせかえった。

ここは、と水と涙《なみだ》で滲《にじ》む目を凝《こ》らしながら手足を動かそうとして、抱えているものの感覚に急速に現実へひき戻《もど》される。

「しお、ん、さまっ」

流れに呑まれそうになりながらあげた声に、返事の代わりに力なくむせる音が返った。よかった、と瑠璃は胸をなでおろしかけ――すぐに、いや、安心している場合ではなかったと胸に焦《あせ》りが兆《きざ》す。

こうしている間にも紫苑の身体からは血が失われ続けているのだ。

早く水からあがらなければ、と焦りから闇雲《やみくも》に進もうとして、ふと動きを止める。

「え……立て、る？」

そこではじめて瑠璃は、流れの中で両足をついている自分に気がついた。どうやら半ば溺《おぼ》れるように水に身を任せている間に、浅瀬《あさせ》へと流れついていたらしい。

川の両側は切りたった崖《がけ》になっていて、岸と呼べるようなものはほとんどない。ここは流れの関係上、石や砂が溜《た》まりやすい場所なのだろう。おかげで岸が形成され、自分たちも自然と運ばれてきたようだ。

「どのくらい流されたんだろう」

川岸へと近づいていきながら、瑠璃はあたりを見回した。

しかし、神の住まう場所とされる山にそうそう足を踏みいれる機会があったわけではないため、推測することもなかなか難しい。

なにより、この渓谷《けいこく》は瑠璃たちでさえ禁足地とされていた。つまり、ここは絶対的な神域なのだ。

だれも……一族の長《おさ》たる真朱でさえ、踏みいったことのない場所に自分たちは、いる。

浅くなっていく川に、紫苑の左腕を首へと回すようにして支え直しながら、瑠璃はかすかに身震《みぶる》いした。

神域、すなわちそれは――。

――だれの助けも、期待できない。

改めて認識《にんしき》した現実に唇《くちびる》を嚙《か》み締《し》める。無意識のうちに胸へ手をあて、そこにない温もりを探していた。

——こんな時ソラがいてくれたら、それだけで心強いのに。

あの子は無事でいるだろうか、いや、いるはずだ、と小さな友を思っていると、唇をなにか冷たいものがそっとなぞった。

「！」

「……ぃ、じょぶ？」

驚く瑠璃に、かすれた吐息《といき》が問う。

「紫苑さま」

意識をとり戻したのか、もとよりかろうじて保っていたのか、青い顔でそれでもこちらの心配をしてくる紫苑に、胸がつまるような心地《ここち》がする。

——わたしがしっかりしないと。だれがこの人を助けるの。

ひとつ深呼吸すると、瑠璃はしっかと頷《うなず》いた。

「大丈夫《だいじょうぶ》です。それより、あそこまで歩けますか？」

彼女が目で示した方向にあったのは、崖の岩肌《いわはだ》に走った亀裂《きれつ》のようにも見える洞窟《どうくつ》だった。

助けは期待できないが、あの男たちが追ってこないとは言いきれない。平然と御山《みやま》を踏《ふ》み荒《あ》らした彼らだ、神域だからといって安心はできなかった。そもそもそんなことを知らない可能性もあるのだ。

あそこならば谷の上から捜《さが》すかぎり、見つかることはないだろう。ともかく今は紫苑を安静にさせる必要があった。

紫苑は「わかった」と気怠《けだる》げに顎《あご》をひいた。

彼の身体《からだ》を支えながら、なんとか洞窟へとたどりつく。

人が一人とおれるだけの幅《はば》しかない狭《せま》い入り口だ。岩肌から水が滲《し》みだしているのか、清水がちょろちょろと足元に筋を作り、川へ流れこんでいる。

「はいれますか？」

支えてはいれるだけの幅がない。大丈夫だろうかと紫苑に尋《たず》ねれば、彼は緩慢《かんまん》に頷いて岩で身体を支えるようにして中へと姿を消した。

瑠璃も周囲を見回したあと、急いであとに続く。

「……？」

中へ足を踏みいれた瞬間《しゅんかん》、どこか清々《すがすが》しさを感じさせる香気《こうき》が鼻先をかすめた気がした。場に似つかわしくないそれに思わずあたりを見回す。

入り口が狭いだけで、中は意外にも広い。洞窟はかなり深いようだが、奥の方がほのかに明るい。もしかしたら、どこかに繋《つな》がっているのかもしれない。

だが、そんな詮索《せんさく》は後回しだ。

先にはいった紫苑は岩壁《がんぺき》に背を預け、ぐったりとした様子で座りこんでいる。

「紫苑さま、傷口を見せてください」

傍《かたわ》らに膝《ひざ》をつき、怪我《けが》の具合をたしかめようとあわせに手をかけた瑠璃に、紫苑がふっと笑った。

「だいたん、だね」

なにを言われたかわからずきょとんとすれば、「はだか、見たいなんて」と笑い混じりの吐息が返る。

「な…っ」

冷えていた身体がかっと熱くなる。弾《はじ》かれたように手を離《はな》しかけ、すぐに恥《は》ずかしがっている場合ではないと思い直す。

「そんなことを言えるくらいですから、大丈夫ですね」

ことさら淡々《たんたん》と告げると、瑠璃は手つきが乱暴になりそうになるのをこらえ、慎重《しんちょう》に上衣を剝《は》いだ。

「――っ」

あらわになったそれに息を呑む。

――深い。

右肩《みぎかた》から胸のあたりにかけて走った傷口からは、止めどなく血が流れ続けている。

瑠璃は無言のまま自分の左袖《ひだりそで》に手をかけると、肩口からひきちぎった。

「瑠璃……!?」

「怪我人は黙《だま》っておとなしくしていてください」

半ば閉じかかっていた目を見開いて身動《みじろ》いだ紫苑に、問答無用でちぎった袖を傷口の上からきつく巻きつける。

——まずは、この血を止めないと。

瑠璃はすっくと立ちあがると「動けないでしょうけど動かないでくださいね」と言い置いて洞窟をでた。広くはない川岸を見渡《みわた》す。

「この時季にならどこにでも………あった!」

川岸と岩肌の間に密集している緑に目を留め、駆《か》けよる。ヨモギだ。

場所を選ばずどこにでも生えているこのたくましい草には止血作用がある。

瑠璃はちぎった端《はし》からヨモギの葉を口の中へと押しこんだ。つめられるだけつめたそれを噛む。手には別にとった葉を握《にぎ》り、急いで洞窟へととって返す。

口の中に独特の苦みが広がるが、かまわず噛み潰《つぶ》していく。手で葉を揉《も》めばいいのだが、今はすこしの時も惜《お》しかった。

洞窟に戻ると、紫苑は岩壁によりかかった状態のまま目を閉じていた。

そのあまりの静かさに、瑠璃は手にしていたヨモギを放《ほう》り投げるようにして彼の口元に手をあてた。

——よかった……息をしてる。

張りつめていた気が解けたのか、意識を失ってしまったようだ。ただ、零《こぼ》れる息はあまりにもか細い。

瑠璃は座った状態の紫苑の身体を極力そうっと横たわらせた。さきほど巻きつけていった袖をはずそうとすれば、すでに真っ赤に染まっている。

「……っ」

こみあげてくる焦《あせ》りを必死に抑《おさ》えつけて、瑠璃は袖を解くと傍らを流れる清水をすくって傷口へとかけた。それを何度か繰《く》り返して、血を洗い流す。

そうして噛み潰したヨモギを傷口にあてようとして——息を呑《の》んだ。

「——血が、止まってる？」

つい今し方まで止まる気配もなかった血が、ぴたりと止まっているのだ。

いや、それどころではない。

「傷が……」

瑠璃は手にしていたヨモギをとりおとすと、目を擦《こす》った。そしてまた傷口へ視線を戻《もど》す。

しかし、何度見直しても間違《まちが》いない。

あれほど深かった傷が、見る見るうちに塞《ふさ》がっていくのだ。

「どう、して」

ありえない出来事に愕然《がくぜん》とする。喜びよりも戸惑《とまど》いと驚《おどろ》きが勝《まさ》った。

たしかにすこしでも血を止めようときつく袖を巻きつけていたが、解いた時にも血は止まっていなかった。だからこそ、洗い流したのだ。

「！　洗い流した……まさか」

記憶《きおく》を遡《さかのぼ》っていた瑠璃は、清水の細い流れを凝視《ぎょうし》した。流れをたどるようにして洞窟の奥を見つめる。

瑠璃は一度紫苑に顔を戻すと、意を決して立ちあがった。

傷口自体は痕《あと》を残して完全に塞がっている。薄明《うすあ》かりに浮《う》かぶ顔はまだ青白く、呼吸も浅いままで油断はできないが、今すぐどうこうという事態でなくなったことはたしかだ。

「すこし見てくるだけだから」

意識のない紫苑に呟《つぶや》いて、瑠璃は壁伝《かべづた》いに仄明《ほのあか》るい奥へと歩きはじめた。

完全な暗闇《くらやみ》でないとはいえ、足元はおぼつかない。慎重に、けれどできるかぎりの速さで足を進める。

奥にむかうにつれ、先ほど洞窟へはいった時、鼻先をかすめた香《かお》りが強くなってくる。それを吸いこむだけでおちつくような、身のうちが洗われるような心地がする一方、どこかで嗅《か》いだことのある気がする不思議な香気だ。

とともに、コポ……コポ……と水が湧《わ》きでるようなかすかな音が耳に届く。おそらくこの流れはそこからきているのだろう。

やがて見えてきたものに、瑠璃は目を細めた。

「あれは、木？」

洞窟《どうくつ》の奥に、一本の木が立っていた。

こんな場所にあって青々と枝葉を茂《しげ》らせているそれは、高さとしてはさほど大きくはない。

その木の上に、一筋の光がさしこんでいた。

葉に柔《やわ》らかな光があたり、淡《あわ》いきらめきが木を包みこむ。さながら、木そのものが光を放っているかのようだ。

さらに、木の根元ではキラキラと絶え間ない輝《かがや》きが揺《ゆ》らめいていた。

瑠璃は目に映る光景に吸いよせられるようにして、木へ近づいていった。

「こ、これは……」

そこは一際《ひときわ》広い空間になっていた。

天井《てんじょう》中央の岩の隙間《すきま》からは太陽の光が木の上へと零れおち、地面からはこんこんと泉が湧きだしている。その水が溢《あふ》れ、洞窟の外へと細い流れを作っているのだ。

そして、泉の真ん中にその木は立っていた。――いや、それは正しくない。正確には、木の根元から水が湧きだし、泉を作っているのだ。

「――橘《たちばな》」

瑠璃は瞬《まばた》きも忘れて、中央の木を見上げた。

花も実もつけてはいないが、その葉の形、覚えのある香り――間違いない。これは橘だ。

『君立ちて　花香《かぐわ》しき　泉のほとり　その身時じくに　老ゆを知らず　八千代に我らを　守りたまふ』

知らず知らずのうちに口ずさんでいたのは、里に伝わる古い歌だった。

君――八百津国命がこの地と定めて国を築いた時から、いつまでも老いることのないその身でずっと自分たちのことを守ってくれている、とそういう意味だ。

冒頭《ぼうとう》の『君立ちて　花香しき』から立花、すなわち橘とこの地が呼ばれるようになったのだと、この里の者ならだれでも聞かされる。

だが、歌の裏にある意味を知る者は、ごく一部だ。

そのごく一部であるところの瑠璃は、まさか、とただただ茫然《ぼうぜん》と橘の木を見上げるしかなかった。

脳裏《のうり》に、見る見るうちに塞がっていった紫苑の傷のことが甦《よみがえ》る。

「なんで、今さら……」

瞬きを忘れた双眸《そうぼう》から、つっと雫《しずく》が伝う。

その感触《かんしょく》に、はたり、と瞬いた瑠璃は、固く唇《くちびる》をひき結ぶとぐいっと乱暴に頬《ほお》を拭《ぬぐ》った。

――悔《くや》しい。

――悲しい。

気を許せば胸に溢れてくるそれらの感情に、容易《たやす》く呑みこまれそうになる。けれど――

「――今は、そんな場合じゃない」

強く自分に言い聞かせる。

風前の灯火《ともしび》の命が、守らなければならない人がいるのだ。それを助けられる可能性が目の前にあるのなら、使わないでどうするというのか。

瑠璃は湧きでる泉へと静かに足を踏《ふ》みいれた。冷たくもなければ熱くもない水は、どこまでも澄《す》んでいる。そうして橘の根元――湧きだし口のあたりへ両手をさしいれ、清水をすくいあげた。

湧いたばかりの水は、ほのかな香気《こうき》をまとっている。

瑠璃は両手にその水をたたえ、踵《きびす》を返した。

どれほど気をつけていようと、指の隙間から水はすこしずつ零れでていってしまう。くる時以上に慎重《しんちょう》に、かつ足早に洞窟を戻る。

それでも紫苑のもとに帰りつくころには、掌《てのひら》の中の水は残りわずかになっていた。

「紫苑さま」

傍《かたわ》らに膝《ひざ》を折るが、閉じられたままの瞼《まぶた》はぴくりとも動かない。心なしか呼吸すらさきほどより細く、浅くなっているような気がした。

このまま水を口元に運んでも、今の彼に飲むことはできないだろう。だが、そうこうしている間にも命も水も失われ続けている。

「……迷ってる場合じゃないでしょ」

これは人助けよ、と瑠璃は焦燥《しょうそう》とは違う意味で速くなる鼓動《こどう》を鎮《しず》めるように呟いたあと、思いきって両手へと唇をよせた。残っていた水を一気に仰《あお》ぐ。

ついで、紫苑の頭を右手で軽く抱《だ》き起こすと左手を顎《あご》に添《そ》え、薄《うす》く開いた彼の唇へと自らのそれをあわせた。そのまま口に含《ふく》んだ水を、喉《のど》の奥へと流しこむ。

紫苑の喉が小さく上下する。

それを見届けて、瑠璃は唇を離《はな》した。

「お願い、目を開けて」

祈《いの》るように彼の手を握《にぎ》りながら紫苑を見つめる。

さきほどはすぐに目に見える変化が現れただけに、じりじりと焦りが胸を灼《や》く。

もしかして、量が足らないのだろうか。怪我《けが》は治せても、弱った身体《からだ》を回復させることはできないのかもしれない。

瑠璃はよぎる不安に頭《かぶり》を振《ふ》った。

「ううん……穢《けが》れはケガレ、気が枯《か》れて、命の力が弱ってるということだもの」

そして穢れを祓《はら》うことは、枯れた気をあるべき状態に戻《もど》すということだ。だとしたら、怪我に効いて、弱った身体には効かないということはないはずだ。

もっと汲《く》んでこようか。それともこの清水を飲ませれば……と流れに視線をむけた瑠璃は、かすかに手が動いたのを感じ急いで顔を戻した。

「紫苑さま⁉」

動いた手を強く握りこめば、ささやかながら握り返す力がある。

固唾《かたず》を呑《の》んで見守る瑠璃の前で、紫苑は薄く瞼を開けた。

ああ……と全身からどっと力が抜《ぬ》ける。これでもう大丈夫《だいじょうぶ》、となぜか確信に近い思いがあった。

「紫苑さま、わかりますか？」

どこかまだぼんやりとした紫苑をのぞきこめば、その双眸がゆっくりと焦点《しょうてん》を結んだ。

「──る、り」

ここは、と唇を動かした紫苑が、ああそうか、と深く息を吐《は》いた。意識を失う前までのことを思いだしたらしい。

が、次の瞬間《しゅんかん》、紫苑はいきなりがばりと上体を起こした。

「──ない」

「突然《とつぜん》、どうし……」

「怪我は⁉　あれだけの怪我、塞《ふさ》がるはずが……」

危《あや》うく顔をぶつけかけた瑠璃が、どうしたのか、と尋《たず》ねる前に、勢いこんで問い返される。

怪我があったはずの右肩《みぎかた》を見下ろす彼の瞳《ひとみ》は驚愕《きょうがく》に彩《いろど》られていた。

「そ、れは――」

なんと説明したものかと迷う。

ありのままを話したところで、信じるだろうか？　いや、彼はこれこそを探しにきたのだ。実体験がある以上、誤魔化《ごまか》して誤魔化しきれるものではないだろう。

瑠璃は密《ひそ》やかに息をついて、立ちあがった。

「すこし、歩けますか？」

説明するより案内した方が早い。目覚めた直後であれだけ動けるなら、おそらく大丈夫だろう。

「たぶんね」

たしかめるように軽く腕《うで》を回しながら腰《こし》をあげかけた紫苑が、「おっと」と半ば脱《ぬ》げかけた上衣を正す。そうしながら嫌《いや》そうに顔を顰《しか》めた。

当然だろう。水に濡《ぬ》れている上に、半ば血で染まっているのだ。おまけに右肩から胸にかけてざっくりと裂《さ》けているのだから、自分の身に起きたことを嫌でも再認識《さいにんしき》せざるを得ない。

これだけの証拠《しょうこ》が残っているのだから、やはり適当に誤魔化すには無理がある。

「肩を貸しましょうか？」

立ちあがった際にすこしふらついた紫苑に、瑠璃はそっと眉《まゆ》をよせた。さすがにまだ本調子ではないのだ。

だが、さし伸《の》べた手に彼は頭を振った。

「いや、いいよ。瑠璃まで汚《よご》れるし」

こうじゃなきゃ喜んで貸してもらうんだけど、と軽く両手を広げて苦笑《くしよう》する。

それこそ今さらだ。だからといって、いらないというものを無理矢理《むりやり》というのも躊躇《ためら》われ、

「――こちらです。暗いですから、足元には気をつけて」

瑠璃は先に立って歩きはじめた。紫苑も、どこへいくのか、なにがあるのか、などと余計なことは言わず、黙《だま》ってあとに続く。

さきほどとはうって変わってゆっくりした歩調で洞窟《どうくつ》の奥へとむかう。それでも二度目だからなのか、心に余裕《よゆう》があるからか、さほど長くは感じなかった。

「ここです」

やがてたどりついた最奥《さいおう》に、瑠璃は身体を横にずらすと紫苑へと道を譲《ゆず》った。

「こ、これは……」

目に飛びこんできた風景に息を呑んだ紫苑が、ふらりとひきよせられるように中へと足を踏みいれた。

「この木は、橘《たちばな》……？」

気づいたか、と思いながら瑠璃は紫苑の隣《となり》へと並んだ。

「あの湧《わ》き水を飲んでみてください」

「いや、けど」

「一度も二度も変わりありません」

たぶん、と心の中でつけたしながら、紫苑の背を押して促《うなが》す。

それでも彼は自分の身になにが起こったのか察した様子で逡巡《しゅんじゅん》していたが、覚悟《かくご》を決めたように泉の傍《そば》に膝をついた。さすがに中にはいるのは躊躇われたらしい。静かに片手を泉にさしいれ、すくいとった水を口に含む。

「！　これは……」

予想するのと体感するのとでは、それこそ天と地ほどの差があったのだろう。呻《うめ》くように呟《つぶや》いて、掌を凝視《ぎょうし》する。

「身体の重さが、消えた――？」

「わかりましたか？　これが紫苑さまの怪我を治し、弱っていた命をとりとめたものの正体です」

瑠璃の言葉に、紫苑が根元から姿をなぞるようにして木を仰いだ。

「これが、『出水の秘薬』か」

「トキジクノカクノコノミではありませんから、不老不死とまではいかないと思いますが」

伝説の不老不死の実、トキジクノカクノコノミは橘の実だと広く言い伝えられている。

そしてそのことは、里に伝わる歌にもちりばめられていた。

『君立ちて　花香《かぐわ》しき』で橘を、『その身時じくに』の部分の『身』は『実』に通じ、これらをして『非時《トキジクノ》　香菓《カクノコノミ》』を表しているとされている。

ほかにも『老ゆを知らず』『八千代に』など、不老不死や永遠を暗示する言葉が使われている点も、その解釈《かいしゃく》を助けるものとなっていた。

つまり、里に伝わる歌は単なる名の由来ではなく、この地のどこかに伝説の不老不死の秘薬であるトキジクノカクノコノミがあるという暗示だとされてきたのだ。

だれも、どこにあるかも、本当にあるのかも、知らぬまま——。

「——どうして、今になって」

今さら言ってもしかたのないことだとわかっている。今見つかったからこそ、紫苑の命を助けられたのだとも。

それでも思わずにはいられないのだ。

どうしてもっと早く、と。これがあれば母を助けられたのに、と……。

それぞれの思いで木を見上げる二人の間に沈黙《ちんもく》がおちる。ただ、泉の湧きでる音だけが静けさに満ちる中、ふっと嘆息《たんそく》するような、笑うような吐息《といき》が散った。

「あーあ、また、瑠璃に助けられちゃったな」

そう背伸《せの》びをしながらばたりと仰向《あおむ》けに倒《たお》れこんだ紫苑に、瑠璃は意識をひき戻されたように瞬《またた》いた。

「助けただなんて……もとはといえば、わたしをかばって」

緩《ゆる》く頭《かぶり》を振《ふ》って否定しようとして、はたと言い止《さ》す。

「また？」

また、とはどういう意味だろう。助けられた覚えはあっても、その逆など心あたりがない。

訝《いぶか》しげに眉根をよせた瑠璃に、紫苑がこちらを見上げて顔を綻《ほころ》ばせた。

「理由なんて、なんだってよかったんだよ。瑠璃にまた会えるんだったら」

「――さきほどから、なんの話ですか？」

見えない話に一層眉がよる。

紫苑は「ん？」と片眉をあげたあと、身軽く上体を起こすと笑顔《えがお》で肩越《かたご》しに振り返った。

「出水《ここ》にきた本当の理由の話」

「本当の、理由」

無意識に身構えた瑠璃に、彼はどこか寂《さみ》しげな影《かげ》を走らせると表情を隠《かく》すように前へと顔を戻した。

「……さっきのオレのこと、どう思った？」

「さっき？」

「剣《けん》を握《にぎ》ってた時。――人が変わったみたいだとか、思わなかった？」

「――思い、ました」

剣を抜《ぬ》き放った彼を見た瞬間《しゅんかん》、別人かと錯覚《さっかく》したほど表情も雰囲気《ふんいき》もがらりと変わったことを思いだす。

「剣を握ると……正確には、刃《は》を抜き放つといつもああなる。心のどこかが凍《こご》えたみたいになって、戦うことと目の前の相手を倒すことしか考えられなくなる」

まるで、剣に身体《からだ》をのっとられたみたいに――。

淡々《たんたん》とした冷ややかにも聞こえる声は、その時の雰囲気に相通ずるものがあるようでいて、あきらかな嫌悪《けんお》が滲《にじ》んでいた。

だからこそ、あいづちも否定も軽々しく口にはできない一方で、ああそうか、と腑《ふ》におちるものがあった。

――だから、この人は剣を抜かなかったんだ。

毒ヘビの一件の時も男たちに襲《おそ》われた時も、剣を抜いた方が確実だったはずだ。けれど、変わってしまう自分を厭《いと》うがゆえに、ぎりぎりまで抜こうとはしなかったのだろう。――剣に呑《の》みこまれるのを恐《おそ》れるように。

「だからね」と紫苑がひとつ息を吐《は》く。

はたしてこの話がどこへ繋《つな》がるのかわからないまま、瑠璃はただ耳を傾《かたむ》けるしかなかった。

「オレは父——大王《おおきみ》には疎《うと》まれてるんだ」

「——え？」

「どうも強すぎる息子《オレ》に、いつか寝首《ねくび》をかかれるとでも思ってるみたいなんだよね」

ようやっとこちらを見た顔には苦笑が浮《う》かんでいた。

「だから、大王に『出水の秘薬』を手にいれてこいって言われた時、ああこれは体《てい》のいい厄介《やっかい》払《ばら》いだなって悟《さと》ったよ。本当に不老不死の秘薬が手にはいるならそれでよし。はいらなきゃはいらないで命に背《そむ》いたって処罰《しょばつ》すればいいんだから。大勢いる皇子《みこ》の一人くらい」

水平にした手を首にあて横へ滑《すべ》らせる動作をした紫苑に、瑠璃の背中に冷たいものが這《は》う。

「……だから、従者の方はあんなに……」

「ああ、うん、ごめんね？　琥珀もそれがわかってるから、なんとかトキジクノカクノコノミを手にいれようと必死だったんだ」

仕えている相手の命がかかっているのだ、それは脅《おど》してでもそそのかしてでもと必死にもなるだろう。

「——どうして、受けたんです。おとぎ話みたいな、そんな命令」

「それでも、よかったから」

「よかった？　そんな理不尽《りふじん》な命令で命をおとしてもよかったって言うんですか？」

思わず眦《まなじり》を吊《つ》りあげた瑠璃に、紫苑はきょとんとしたあと、ふわりと微笑《ほほえ》んだ。

その笑みにこちらの方がたじろぐ。

「別のだれかがいって、この地で余計な血が流れるくらいならって思ったのもあるけど――言ったでしょ？　瑠璃に会えるなら、理由なんてなんだってよかったんだって。どうしても、もう一度会いたかったんだ、キミに」

ようやく繋がった話に、しかし瑠璃の困惑《こんわく》もまた戻《もど》ってくる。

「わたしたちが、会ったことなんて……」

もし会ったことがあったとしても覚えていないということは、相当昔のことなのだろう。だとしたら、当然紫苑も幼かったはずだ。

自分は出水の地からでたことはない。必然、彼の方がこの地を訪《おとず》れたということになるが、まだ子どもの大倭の皇子がはるばる出水にやってくるとは思えなかった。

懸命《けんめい》に記憶《きおく》をたどる瑠璃に、紫苑が眉尻《まゆじり》をさげつつ笑った。

「本当に覚えてないんだ？――まあ、覚えてないならない方が、オレには好都合なんだけど」

「好都合？」

「――あのころは、そういう、オレだったから」

常に気が休まらず、それこそ抜き身の刃《やいば》のようだった――そう目をおとした紫苑は前へと身体を戻すと、地面についた両手を支えにして零《こぼ》れおちてくる光を仰《あお》いだ。

「あれは六年前だから、オレが十三の年だ。もっとも瑠璃には、もっと年上に見えてたみたいだけどね。あのころから人一倍大きかったし」

「六年、前……」

その数字に、ずくりと胸が痛む。ちょうど、母が亡《な》くなった年だ。

「そ。当時、宮殿《きゅうでん》では跡継《あとつ》ぎの座をめぐって妃同士《きさき》で争いが起こっててね。それに巻きこまれるのを恐れた母が、オレを連れて大倭を離《はな》れたんだ。で、刺客《しかく》から逃《のが》れるために各地を転々としていた」

出水に立ちよったのもそんな折だった、と紫苑は懐《なつ》かしむように目を細めた。

はあ、はあ、と大きく肩で息をしながら、あたりに人気《ひとけ》のないことをたしかめた紫苑は、ゆっくりと草むらの中に倒れこんだ。

「──次から次へと、鬱陶《うっとう》しい」

苦々しく吐き捨てて、ごろりと仰向けに寝返りをうつ。途端《とたん》、左腕《ひだりうで》に走った痛みに、紫苑は顔を顰《しか》めた。

宮殿で妃たちが跡継ぎ争いという名の自らの地位争いをはじめた時、彼の母親は知りあいを頼《たよ》っていち早く都を離れたが、当然というべきか彼女たちはそんな自分たちを放《ほう》っておいてはくれなかった。

一人でも競争相手を減らそうと、次から次へと刺客が送りこまれてくる。おかげでひとところに腰《こし》をおちつけることも叶《かな》わず、追われるがままにこんな地にまできてしまった。

「こっちは興味ないって言ってるんだ、放っておけばいいものを」

紫苑は左腕を目の前に掲《かか》げて、舌打ちした。肘《ひじ》から手首にかけてすっぱりと切られている。先も物騒《ぶっそう》な気配を感じて様子見がてら周囲を探《さぐ》っていたところで刺客に遭遇《そうぐう》し、なんとか返り討《う》ちにしたものの、このざまだ。

傷自体は浅いとはいえ、このまま戻れば母親が顔を曇《くも》らせるのは間違《まちが》いない。

「――血が止まるまで、すこし休んでくか」

幸いここなら、そうそうだれかに見つかることもないだろう。

周囲を背の高い草に囲まれ、視界に映るのは緑と空ばかりだ。

ひさしく――というより、都ではついぞお目にかかったことのないのどかな景色に、自然と気が緩む。

そこにいたってはじめて、紫苑は自分がいかに気を張りつめっぱなしだったかということを自覚した。

自分の剣の腕がなければ、ここまで生き延びることはできなかった。しかし、この希有《けう》な才能こそが父大王から疎まれ、兄弟たちから警戒《けいかい》される原因なのだ。

腕を磨《みが》かねば生き残れない。さりとて、磨けば磨くほど命を狙《ねら》われる。そうして、生き残るたびに心がすり減っていく。だが、心を殺さねば剣は握れない――。

抜けだせない負の連鎖《れんさ》に、自分は疲《つか》れきっていたのだ。

「空が、青いな」

そんなあたりまえのことさえ、今はじめて気づいた気がした。

さわり、と風が草を揺《ゆ》らす。時折、鳥の鳴く声がする以外は静けさがあたりを包む。

その心地《ここち》よさにまどろむように、紫苑は目を閉じた。

どれくらいの時が流れただろうか、かさり、と鳴った草の音にはっと目を開けた。

――寝てた……？

自分で自分に愕然《がくぜん》としつつ、紫苑は耳をそばだて、緩《ゆる》んでいた感覚を研《と》ぎ澄《す》ました。

かさかさとなにかがこちらへ近づいてくる気配がする。

――音が軽い。

動物かなにかだろうか。にしては、警戒心のない足どりだ。

そう思案する間にも、右手は傍《かたわ》らの剣へと伸《の》びていた。

近い――と柄《つか》を握りこんで身構えた次の時、

「――お兄さん、寝てるの？」

ひょい、と逆さまに現れた顔に、ぎょっとする。

たのだ。

自分より幾《いく》ばくか下だろうか。女児がしゃがみこむようにしてこちらの顔をのぞきこんでき

——子ども⁉

「あ、起きてた」

「……」

予想外の展開に、胸をなでおろすより邪魔《じゃま》されたという思いが湧《わ》きあがり、紫苑は無造作にその顔を押しやると身を起こした。

「ねえ、こんなところでなにをしてるの？」

だが、少女は臆《おく》する様子もなくまとわりついてくる。

紫苑はわずらわしさに荒《あら》く嘆息《たんそく》した。

「——休んでただけだ」

「あ、お兄さん、けがしてる！」

言い捨て、少女を無視して立ち去ろうとするが、腰をあげようとしたところを袖《そで》を摑《つか》まれ邪魔される。

ちっ、と振《ふ》り払《はら》おうとして、その手の小ささに紫苑は思わず動きを止めた。普段《ふだん》の調子で腕を振ったら、手を払うどころか簡単に突《つ》き飛ばしてしまいそうだ。

慣れない事態に固まってしまったのをいいことに、少女は「ちょっと待ってね」と肩《かた》にかけ

ていた領巾《ひれ》をはずすと、怪我《けが》をしている腕に巻きつけはじめた。

「――必要ない。放っておけばそのうち治る」

「なんで？　痛いのはいやでしょう？」

これでよし、とばかりに端《はし》と端を結びつけて頷《うなず》いた少女は、布の上へと手をかざした。

「痛いの痛いのとんでいけー！」

歌うように唱えながら円を描《えが》いた手をさっと離す。どう？　と満足そうな笑顔《えがお》でこちらを見つめた少女に、紫苑は呆気《あっけ》にとられた。

「……なんだ、今の」

「なんだ、って痛みが軽くなるおまじない。知らないの？」

「いや……」

知らないわけではない。今までだれにもそんな子ども騙《だま》しの呪《まじな》いをされたことがない、というだけだ。

おまけに、どう？　と言われても、正直痛みがなくなったとは思えない。

なのに、あくまで無邪気《むじゃき》に尋《たず》ねられ、なんだかいらだっていた自分の方が莫迦《ばか》らしくなってくる。

はあ、と気の抜《ぬ》けた息を吐《は》いて、紫苑はその場に胡座《あぐら》をかいた。

「――おまえ、一人か？」

周囲を探ってみても少女以外の気配はない。近くに里でもあるのかもしれない、と思いつつ問えば、少女はこくりと頷いた。

「花を摘《つ》みにきたの、母さまにあげようと思って」

『母さま』の言葉に一瞬《いっしゅん》顔を曇らせた彼女は、しかしすぐにまた微笑《ほほえ》みを浮《う》かべた。

「綺麗《きれい》な花を見たら、すこしは元気がでるかなって」

無理をしているような笑顔に、ぴんとくる。おそらく、彼女の母親は病かなにかで臥《ふ》せっているのだろう。花はその見舞《みま》いの品というわけだ。

ただそれには触《ふ》れず、紫苑は手近にあった花を一輪摘まみとった。くるりと茎《くき》を回して花弁を揺らす。

「花ねぇ……こんなもんで元気になるなら、簡単だけどな」

「……お兄さんのお母さまも、元気がないの？」

小首を傾《かし》げた少女に、ここ最近の母親の姿が脳裏《のうり》に浮かんだ。

「元気がないというか、いつも疲れた顔をしてるな」

それも当然だろう。見知らぬ土地を転々とするだけでも気が休まらないのに、刺客にまで狙われる毎日だ。疲弊《ひへい》しない方がおかしい。

――って、オレはなにを子ども相手に零《こぼ》してるんだ。

この少女といると調子が狂《くる》う、と手にしていた花を投げ捨てて立ちあがろうとした時、なにやら思案顔だった少女がぱっと表情を輝《かがや》かせた。

「お兄さん、笑ったらいいのよ」

「——なに？」

唐突《とうとつ》に笑えと言われ、渋面《じゅうめん》になった紫苑に、「ほら」と少女が手を伸ばしてくる。反射的に身を退《ひ》くが、彼女はなんの躊躇《ためら》いもなく眉間《みけん》に触れると指先で緩く擦《さす》った。

「皺《しわ》がよってる。お兄さんがそんな顔ばかりしてたら、お母さまもそういう顔になっちゃうと思う」

だって、と皺を伸ばすようにしながら少女が続ける。

「うちの母さまがよく言ってるもの。瑠璃が笑っているのを見てると元気がでてくるって。きっと、お兄さんのお母さまも一緒《いっしょ》よ」

お兄さんが笑ってたら笑顔になるし、その逆もおんなじ。

そう笑った自分より幼い少女に、紫苑は目を瞠《みは》った。

今まで、戦うことばかり考えてきた。降りかかる火の粉を斬《き》り捨てなければ憂《うれ》いは晴れないのだと、ひたすらに剣《けん》を握《にぎ》り続けてきた。挙句、疲れきっていたことにすら自分は気づいていなかった。

だがもしかしたら、この身を案じるのと同じくらいそんな自分こそを、母は案じていたのかもしれない。

紫苑は領巾の巻かれた左腕《ひだりうで》へ目をおとした。

そうして、おもむろに剣を摑むと立ちあがった。

「お兄さん？」

「戻《もど》る」

きょとんとこちらを見上げた少女に一言告げると、それですべてを察したかのように笑顔が返った。

「うん！　あ、そうだ。これ持っていって。もっと元気になってもらえるように」

うしろに置いてあった花の束の中から一本を抜きだし、さしだしてくる。

紫苑は驚《おどろ》いたような呆《あき》れたような微妙《びみょう》な顔つきでそれを見下ろし、軽く息をついた。

「……子どもが余計な気を回すな」

「なっ、子どもじゃないし！」

どこからどう見ても『子ども』がきっと眦《まなじり》を吊《つ》りあげたのに、ふん、と目を眇《すが》める。

「そんなことはいい女になってから言うんだな。――そうだな、その時には妻問《つまど》いでもなんでもしてやるさ」

「お兄さんみたいな乙女心《おとめごころ》のわからない人、こっちからお断りなんだから！」

「乙女心って」

紫苑は思わず小さく吹《ふ》きだした。

を受けとる。

「――ほんと、おかしなやつだな」

独りごちるように呟《つぶや》いて剣を腰帯《こしおび》に差しこむと、空いた手でそれでもさしだされたままの花を受けとる。

「まあ、ありがたくもらっておくか。――おまえの母親も、元気になるといいな」

笑えばいい、という言に従って精一杯《せいいっぱい》の笑顔を作ると、くしゃりと少女の頭をなで、紫苑はその草むらをあとにした。

「そのあとすぐ、跡目争《あとめあらそ》いに決着がついてね、母とともに都へ戻ったんだ。――これが、オレと瑠璃の出会いの顚末《てんまつ》」

そう締《し》めくくった紫苑を、瑠璃は信じられない思いで見つめた。

「そんな、ことが……」

「うん。瑠璃にとってはどうってことない出来事だったんだろうけど、オレにとっては生き方が変わるくらいの出会いだったよ」

「……ごめんなさい」

十の時のことなら覚えていてもおかしくない。しかし、記憶《きおく》にない理由に心あたりがあった瑠璃は、申しわけない気持ちになる。紫苑のかつてを愛《いと》おしむような柔《やわ》らかな声を聞けば、なおさらだ。

紫苑が小首を傾げるようにしてこちらを見返った。

「なんで、瑠璃が謝るの？」

「今の話を聞くかぎり、紫苑さまと出会ったのは母が亡《な》くなる直前ぐらいだと思うけど……そのころのことを、よく覚えていないから」

母の死、という衝撃《しょうげき》は十歳の心には耐《た》えがたいものだったのだろう。その悲しみと喪失感《そうしつかん》から母が亡くなる前後の記憶がひどく曖昧《あいまい》なのだ。ただ、祈《いの》っても神さまはなにもしてくれなかった、という失望だけが強く心に刻みこまれていた。

そんな瑠璃の説明に、紫苑がからりと笑った。

「そんなの、瑠璃のせいじゃないでしょ。それにさっきも言ったじゃない、覚えてない方が好都合だって。ただ、オレが会いたかっただけ——自分を救ってくれた女の子に」

「救っただなんて、おおげさな……」

話を聞くだけでも、単に怪我《けが》の手当てをして賢《さか》しらに一席ぶっただけだ。

「おおげさなんかじゃないさ。あの時の瑠璃の言葉があったから、自分を守るのは剣だけじゃないんだって気がついた」

よっと、と立ちあがった紫苑がこちらへと歩いてくる。

「笑顔って、それだけで武器になるんだ。——女性相手なら、なおさらね」

己《おのれ》の顔の威力《いりょく》を知っている笑顔《えがお》に、さもありなん、とつられるように頷《うなず》く。この顔で微笑まれれば大概《たいがい》の女性は悪感情など抱《いだ》かないだろう。

「王宮での争いで女性を敵に回すと男以上に厄介《やっかい》だって学んだからね、味方につけるよう心がける中でこの笑顔はほんと役にたったよ。嬉《うれ》しい誤算もあったし」

「嬉しい誤算？」

「そ。まわりが勝手にオレのことを軽く見てくれるようになってね、女に愛想《あいそ》を言う軟弱《なんじゃく》なやつだって。──まあ、おかげで瑠璃に『好きだ』って言葉を信じてもらえなかったのは、手痛い誤算だったけど」

とはいえ、莫迦《ばか》にされるだけで身が守れるなら安いものだ。

そう言って笑うことのできる彼は、本当の意味で強いのだろう。

「だから、オレは瑠璃に助けられたし、もう一度会いたいってずっと思ってた。その証拠《しょうこ》に、あの野原でキミを見かけた時、一目でわかったよ。ああ、あの時の女の子だ──って」

「そんなの……わからないでしょう。勘違《かんちが》いしてるだけかもしれません。わたしではない、だれかと」

自分を見下ろす、宝物でも見るようなまなざしに面映《おもは》ゆさを感じて、とっさにそう口にしたあとで、そうだ、と改めて思う。

聞くかぎり、名乗りあったわけではないらしい。自分が覚えていない以上、彼が思いこんでいるだけで別人という可能性も十分ありえる。

「ありえないね」

しかし、紫苑はそれを一笑《いっしょう》に付した。

「瑠璃は覚えてないんだろうけど、あの時キミは自分のこと『瑠璃』って言ってたよ。なにより、オレたちはあの草原で出会ったんだ。その近くにあるのが出水国の中枢《ちゅうすう》を担《にな》う里だってことは調べればすぐわかるし、長《おさ》の一人娘《ひとりむすめ》が瑠璃って名前なのも知るのに手間はかかったけどできないことじゃない」

手がかりはたくさんあったからね、と告げる言葉の端々《はしばし》に、本当に会いたいと思ってくれていたことがうかがえた。

だからこそ、なおさら彼のまなざしに瑠璃は居心地《いごこち》の悪さを覚えた。

自分もまた紫苑と同じようにあのころとは変わってしまった。唯一《ゆいいつ》甘えられる存在を失い、信じていたものに裏切られ——無邪気《むじゃき》に笑えていた自分は、もうどこにもいない。

「——だとしたら、がっかりしたでしょう。記憶の中の女の子が、こんな風になっていて」

「ん？　なんで？　どんな風に成長してるだろうと思ってた女の子が、こんな素敵《すてき》な女性になってるんだよ？　がっかりするわけないじゃない。それに今までだって、再三好きだって伝えてきたし、そんなこと誰彼《だれかれ》かまわず言ったりしないって言ったよね？」

一目惚《ひとめぼ》れって言ったの、あながち嘘《うそ》じゃないんだよ？　と笑った気配に、瑠璃はいつのまにかさがっていた視線をあげた。そこにはさきほどまでと変わらない色が滲《にじ》んでいる。

「なんでって……こんな愛想のない」

「あー……うん」

自分でも自覚していることを口走れば、紫苑が眉尻《まゆじり》をさげた。

「自分に笑顔を教えてくれた女の子が、どうしてそれを忘れちゃったんだろう、とは思った。昔みたいに笑ってほしいってずっと思ってたよ」

やっぱり……と彼の瞳《ひとみ》から逃《のが》れるように後退《あとずさ》りしかけるが、それを留《と》めるように手が伸《の》びてくる。

「今度はオレが瑠璃を笑顔にできたらって――」

けれど、指先が瑠璃の頬《ほお》に触《ふ》れるか触れないかのところで、紫苑ははっとしたように手をひいた。

「――っと、汚《よご》れちゃうな」

残念、と淡《あわ》く笑んだその顔に、しかし一瞬《いっしゅん》痛むような表情が走ったのを、瑠璃は見逃《みのが》さなかった。視界の端に、遠ざけるようにして握《にぎ》りこまれた手が映る。

その、触《さわ》るのを嫌《いや》がった、というより恐《おそ》れたような動作に、まるで水面に映った自分を見るような既視感《きしかん》を覚える。

なんだろう……と摑《つか》みきれない気持ち悪さに眉をよせそうになった瑠璃は、はたと紫苑を凝《ぎょう》視《し》した。

——そうか、同じなんだ。

かつての瑠璃の面影《おもかげ》を覚えている彼に、今の瑠璃はどう映っているのか——変わってしまった自覚があるからこそ幻滅《げんめつ》されるのを恐れた自分に、今の彼はよく似ていた。

では、彼は一体なにを恐れているのだろう？

——わたしは昔の紫苑さまを覚えていない。だとしたら、今と昔の違いではないはず……それになんだか、触るのを躊躇《ためら》うような……。

「瑠璃？」

自分を見つめたまま動きを止めた瑠璃に、困ったように紫苑が左手を顔の前で振る。

「……左手？」

その時、脳裏《のうり》に閃《ひらめ》くものがあった。

紫苑が自分から遠ざけているのは右手——剣《けん》を握っていた手だ。

そうか！　と得心すると同時に、瑠璃は拳《こぶし》を握ったままの紫苑の右手へと手を伸ばしていた。

驚《おどろ》いたように肩《かた》をひいた彼にかまわず、右手を両 掌《りょうてのひら》で掴む。

「ちょ、瑠璃!?」

反射的にだろう、ひき抜《ぬ》くような動きをみせた手を、離《はな》すものかと強く握りこんだ。

「——紫苑さまは、紫苑さまです」

「なにを……」

まっすぐ見上げた、すこしだけ色素の薄《うす》い瞳が戸惑《とまど》いに揺《ゆ》れる。瑠璃は交わった視線にぐっと力をこめた。

「剣を握っている時でも、紫苑さまはわたしのことを気遣《きづか》ってくれていました。名を呼んで、身体《からだ》を張って助けてくれました。本当に戦うことしか頭になかったら、そんな真似《まね》できるはずがありません。紫苑さまは剣にのっとられてなんて、いません」

紫苑が剣を握る気持ちも、感覚も、自分にはわからない。わからないけれど、剣を握ることをあれほど厭《いと》う彼から、剣を手にしただけで心が失われるはずがない。

その思いが伝わってほしい一心で、どうしたらそれが伝わるのかともどかしさを覚えながら、懸命《けんめい》に言葉を継《つ》ぐ。

そんな瑠璃を半ば唖然《あぜん》と見下ろしていた紫苑が、くしゃりと顔を歪《ゆが》めた。

「――まいったな」

泣いているような、笑っているような声で呟《つぶや》くと、左手で顔を覆《おお》う。

不安げに見つめる瑠璃の先で、紫苑はふーっと肩で息をすると顔を覆っていた手をはずした。その面《おもて》にゆっくりとどこかぎこちない笑みが広がる。

「ありがとう、瑠璃」

紫苑の左手が、柔《やわ》らかに瑠璃の頭をなでる。

「……え？」

刹那《せつな》、脳裏に甦《よみがえ》った光景に、瑠璃は大きく目を見開いた。

『──おまえの母親も、元気になるといいな』

かつて、そう告げた同じ笑顔に、頭をなでられたことがある。おぼろな記憶《きおく》で、ただ、むけられた笑顔の色と手の感触《かんしょく》だけを覚えていた。

与《あた》えられた手の感触に、記憶にかかっていた霞《かすみ》が晴れる。そうして浮《う》かんだ、すこし幼い面影が、精悍《せいかん》さを増した今の面立《おもだ》ちにピタリと重なった。

「……うそ……」

その衝撃《しょうげき》に、瑠璃はかみなりに打たれたように立ちつくした。

「あれは、翡翠兄さまじゃ、なかったの……？」

曖昧《あいまい》になってしまった記憶の中、あれは翡翠だとずっと思っていた。いつも厳しかった彼が、母親の病でおちこんでいる自分を慰《なぐさ》めるためにみせてくれた優《やさ》しさだと……。

──この人のことを忘れてしまっても残っていた記憶の断片《だんぺん》が、一番身近にいた翡翠兄さまと結びついた……ということ？

おそらく当時の二人の背格好が似ていたことも原因だろう。紫苑が自分で言っていたように、年ごろの少年より大きかった彼とさらに二つ年上の翡翠は、同じくらいの身長だったのではないだろうか。

「瑠璃？」

再び固まってしまった瑠璃を、頭から手をはずした紫苑が心配げにのぞきこんでくる。その顔を茫然《ぼうぜん》と見つめた。

「……紫苑さま、だったんですね」

あれ以来、なにかあるとあの感触を思いだすように頭をなでるのが癖《くせ》になっていた。失ってしまった優しい手の代わりのように――。

「思い、だしたの？」

紫苑の顔がわずかにこわばる。覚えていない方がいい、と言った言葉に嘘はないらしい。

――そのころの紫苑さまは、どんな風だったんだろう？

自分だけ忘れてしまっているのは、残念な気がする。彼だけが昔の自分を知っているのは、不公平だ。

笑顔《えがお》以外の彼を、もっと知りたい。――そう、思いはじめている自分を自覚する。

けれど、同じくらい彼の笑顔が歪むのも見たくはないから、瑠璃は「すこしだけ」という言葉を呑《の》みこんだ。代わりに、

「――わたしも、あなたに救われていたみたいです」

そう告げた口元は、自身でも気づかないうちに綻《ほころ》んでいた。

五章　彼《か》は誰《たれ》

瑠璃、と伸ばされた手を迷わず摑む。ひきあげられる力にあわせて岩にかけた足に力をこめる。

紫苑の手を借りて転がりでるように岩穴から這《は》いあがった瑠璃は、途端《とたん》に赤く視界を灼《や》いた眩《まぶ》しさに目を眇《すが》めた。

「あ……」

そのまま茫然と立ちつくす。

眼下には夕闇《ゆうやみ》に沈《しず》む里が広がり、ちょうど目線の高さに地平へと沈みかけた夕日を背にした輝《かがや》くような神殿《しんでん》の姿がある。

いつもとは逆の風景に、瑠璃は息を吞んだ。

「なるほど……あの神殿の高さは、こういうことか」

隣《となり》の紫苑の声が、どこか遠い。

それほどまでに瑠璃は目の前に広がる景色に意識を奪《うば》われていた。

あのあと、洞窟《どうくつ》内にさしこむ光が陰《かげ》ってきたことに気づいた瑠璃は、

「え、なに、今のどういうこと？」

「そんなことより、戻《もど》る方法を探さないと。早くしないと、日が暮れて身動きがとれなくなります」

食いついてきた紫苑を無視して、そう提案した。実際、戻るのが遅《おそ》くなればなるほど騒《さわ》ぎになるはずだ。

紫苑はかわされたことに不服そうな顔をしていたが、提案自体には賛成だったらしい。すぐに、わかったと頷《うなず》いた。

しかし、では、と洞窟の出口へ踵《きびす》を返そうとした瑠璃に待ったをかけたのも紫苑だった。

「もしかしたら……」

そう独りごちて洞窟内を歩き回りはじめた彼に、瑠璃は軽く眉《まゆ》をよせた。

「紫苑さま？　なにを……」

最初にここへ足を踏《ふ》みいれてから、いつのまにかずいぶんと薄暗《うすぐら》くなっていたことに、今さらながらに焦《あせ》りが募《つの》る。

思いだすかぎり、この渓谷《けいこく》は自分たちが流れついた浅瀬《あさせ》以外、両岸は切りたった岩壁《がんぺき》になっていた。おちついて探してみたら違《ちが》うかもしれないが、到底《とうてい》人の手でのぼれる場所があると

は思えない。

だとしたら、川をくだるしかないが、泳ぐにしても岸壁《がんぺき》伝いに歩けるにしても暗くなってからでは危険だ。おまけに、春とはいえ夜になったら気温もさがる。早ければ早いに越《こ》したことはない。

そもそも、ここから里までどれくらいの距離《きょり》があるのかも不明なのだ。

——だけど、里に戻ることが本当に正しいの……？

谷へ飛びこんでからの一連のあれこれにとりまぎれ、失念していたことを思いだした瑠璃は、顔をこわばらせた。

あの直前に見た人影《ひとかげ》は、だれだったのだろうか。

木々の影で薄暗く、遠目だったこともあってはっきり見たわけではない。だが、あの時脳裏《のうり》をよぎったとおりの人物だったとしたら……。

「——ううん、ただ髪《かみ》が長かったっていうだけだし」

そんな人は別段珍《めずら》しくもない。現に珊瑚の髪だって長いではないか。

瑠璃が自分の胸に言い聞かせていると、

「あった！」

ふいにあがった声があった。洞窟内にこだましたそれにはたと頭《かぶり》を振《ふ》る。

「とりあえず、今は無事に地上に戻ることを考えるのが先でしょう」

一人呟《つぶや》いて、「瑠璃、こっち」と紫苑が手招く方へと足を進めた。

「あったって、一体なにがあったんですか？」

「これ」

紫苑が身体《からだ》をずらすようにして指さした先には、岩陰《いわかげ》に隠《かく》れるようにしてかろうじて人一人がとおれるだけの穴が開いていた。

「これは……」

穴、というより亀裂《きれつ》や隙間《すきま》といった方がいいそれは、岸壁にあった洞窟の入り口とよく似ていた。どこか外と繋《つな》がっているのだろう、前に立つと緩《ゆる》やかながら風の流れが感じとれた。

「今は忘れ去られてても、かつてはここに橘《たちばな》があるって知られてたんなら、あると思ったんだよね」

「どうして……？」

並ぶようにして洞穴《どうけつ》をのぞきこんだすぐ横にある顔を、瑠璃はまじまじと見つめた。紫苑が探していたのは外へと通じる道だったのだ。

「ん？　だって、見るかぎりあっち側は崖《がけ》しかなかったじゃない？　言い伝えがある以上、神殿ができるより前はここそのものが神との対話の場所だったはずだと思って。なのに、ここを訪《おとず》れるたびに崖を上り下りするなんて現実的じゃないでしょ」

「……」

あの意識が朦朧《もうろう》としていた状態でそんなところまで見ていたのかと、すくない情報からそこまで推察したのかと、いろんな意味で絶句する。

「さ、いこう。瑠璃はオレのあとについてきて」

どこに繋がっているのか、どれくらいの距離があるのかわからない洞穴の先は、当然のことながら真っ暗だ。

いくよ、と声をかけて先に足を踏みいれた紫苑に、瑠璃は慌《あわ》てて続いた。

「足元が段差になってるみたいだから、気をつけて。転びそうになったらオレを摑《つか》んでくれたらいいから」

大きくもない声が、わぁんと岩壁に反射する。のぼるように遠のいていく響《ひび》きに、たしかに穴が上へ伸《の》びているらしいのを感じながら、瑠璃は表情をひき締《し》めて頷いた。が、その無意味さに気づいて口を開き直す。

「わかりました」

そうして前方に紫苑の体温と息遣《いきづか》いを感じながら、細い道をのぼっていく。

自然にできたにしては不自然で、人為《じんい》的に作られたにしては高低差どころか幅《はば》もばらばらな段差は、ともかく歩きづらい。暗くてどうなっているかわからないだけに、手探《てさぐ》りならぬ足探り状態だからなおさらだ。

「ここ、高さがあるから気をつけて」とか「幅が狭《せま》いから踏みはずさないようにね」など、紫苑が逐一《ちくいち》注意してくれなかったら、早々に転がりおちて全身傷だらけになっていただろう。なにがあるかわからない暗闇に鼓動《こどう》が騒ぐ。加えて不安定な足元に、あっという間に息があがった。

最初のうちは紫苑のかけ声に反応していた瑠璃も、途中《とちゅう》からは荒《あら》い息遣いを返すだけになっていた。

——これ、どこへ続いてるんだろう……。

上へのぼっているのはたしかだ。だが、自分たちがどれくらい進んだのかも定《さだ》かでなければ、どこへむかおうとしているのか予想もつかない。

「——あ」

ふいに紫苑が調子の違う声をあげたのは、そんなことを考えだしたころだった。

「見て、瑠璃。明かりが見える」

「……え？」

彼が視界を譲《ゆず》るように岩壁へと身をよせたのが気配でわかった。息苦しさに知らずさがっていた頭をあげた瑠璃の目に、ぽつり、と暗闇に空いた穴が飛びこんでくる。それが紫苑の言う明かりだと気づくのに、数拍《すうはく》必要だった。

「……外」

「うん、だからあとすこし、がんばれ」

こんな状況下《じょうきょうか》にあっても、彼の息遣いにはほとんど乱れたところがない。鍛《きた》えている賜物《たまもの》か、あの湧《わ》き水の効能か……と頼《たの》もしくも恨《うら》めしくも思いながら、瑠璃は紫苑に導かれてその後の道のりをのぼりきった。

しかして、洞穴を抜《ぬ》けた二人の視界に飛びこんできたのが、夕暮れに染まった橘の里の景色だった。

「……ここに神域に繋がる道があるからだったんだ」

眼前の風景に目を奪われたまま、瑠璃は神殿《しんでん》の高さの意味を悟《さと》った。入り口があるから、拝殿《はいでん》——門があそこに作られたのだ。

社側から見ているだけでは、木々に遮《さえぎ》られてこんな洞窟があるなどまったく気づかなかった。そうしている間にも、太陽は地平のむこうへと沈《しず》みゆき、神殿から輝《かがや》きが失われていく。夜が背後に忍《しの》びよっていた。

「——いきましょう、紫苑さま」

瑠璃は奪われていた意識をとり戻すように頭を振ると、隣《となり》の紫苑を仰《あお》ぎ見た。里はすぐ目の前のように見えても、ここから山をおりなくてはならないのだ。完全に夜になってしまったら、それこそ山の中は歩けなくなる。

「だね。——戻《もど》って、おとしまえをつけないと」

あいづちに、ぼそりと独りごちるようにつけたされる。よく聞きとれなかったそれに瑠璃は双眸《そうぼう》を瞬《またた》かせたが、なんでもないと淡《あわ》い笑顔《えがお》で首を振られた。

「いこう」

さしだされた右手に、今度はわずかに逡巡《しゅんじゅん》する。

この手をとった先に、なにが待っているのだろうか。

無事に戻れてよかった――で終わりではないことだけはたしかだ。けれど、なにかを恐《おそ》れて立ち止まっていてもなにもはじまらない――はじめられない。

紫苑の掌《てのひら》に自分の掌を重ねる。

どちらからともなく、二人はその手を握《にぎ》りあわせた。


社だけを目印に、道なき道をくだっていった瑠璃たちが麓《ふもと》にたどりついたころ、すっかり日はおち、あたりは夜闇《よやみ》に覆《おお》われていた。

「こっちです」

暗さに慣れた目に張り巡《めぐ》らされた木の柵《さく》が映り、瑠璃は肩《かた》から力が抜けるのを感じつつ、紫苑の手をひいた。自分たちがとおってきた木戸の方へとむかう。

しかし、あとすこしというところでその足が緩んだ。

夜ともなれば静寂《せいじゃく》に沈む境内《けいだい》が、妙《みょう》に騒《さわ》がしい。神殿の、というか階《きざはし》の前あたりに、松明《たいまつ》だろうかいくつもの火が揺《ゆ》らめき、一層不穏《ふおん》な雰囲気《ふんいき》だ。

「！　もしかして、わたしたちを捜《さが》しに山へ……」

あれだけの騒ぎがあったのだから、気づいた里人から御山《みやま》でなにかあったと父のもとに報告がいってもおかしくない。夜になっても瑠璃と紫苑が戻らないとなったら、それに巻きこまれたとみるのは当然だろう。

だが、山にはまだあの男たちが潜《ひそ》んでいるかもしれないのだ。下手《へた》に捜しにはいって鉢合《はちあ》わせしたら、騒ぎが大きくなるどころの話ではない。そうでなくても、夜の山にわけいるのは危険すぎる。

「早く無事だって知らせて、止《や》めさせないと…っ」

瑠璃は駆《か》けだそうとするが、くん、と握られた手をひかれて進めなくなる。

紫苑さま！　と声を荒げようとした寸前、「しっ」と鋭《するど》く静止を求められた。

「──紫苑さま？」

どうしたのかと息を潜めて囁《ささや》くと、返事の代わりに今度は紫苑が先に立って歩きはじめた。

瑠璃はといえば、戸惑《とまど》いながらもついていくしかない。

「…………れが、大王《おおきみ》に対するあんたたちの答えってわけね」

「知らんと言っておるだろうッ」

ひかれるがままにそっと木戸を抜ける。柱の陰《かげ》に隠《かく》れるようにしながら火明かりの方へと近づいていくにつれ、言いあっている声が鮮明《せんめい》になってくる。

——この声……。

珊瑚と父だ。二人のただならぬ気配に小さく喉《のど》が鳴る。

よくよく目を凝《こ》らすと、父たち里の人間と珊瑚を筆頭とする幾人《いくにん》かが、互《たが》いに睨《にら》みあうかのようにむかいあっているのがわかった。

「——！」

気づいたそれに、あげそうになった声をこらえて、瑠璃は紫苑の方を見やった。こちらの動《どう》揺《よう》に気づいているのかいないのか、淡い火明かりを映す彼の顔は、静かに前を見つめていた。

「結局、琥珀の言うとおりだったんじゃないの。馬の暴走の件も、毒《どく》ヘビの件も紫苑さまを狙《ねら》ってあんたたちが仕組んだのね。どちらも失敗した挙句、実力行使に及《およ》んで紫苑さまを手にかけるだなんて……！　偶然《ぐうぜん》だなんて紫苑さまの気遣い、真に受けるんじゃなかったわ…っ」

「ばかばかしい、皇子《みこ》を弑《しい》して我々になんの得があるというのだ！」

「だったら、なぜすぐに剣《けん》を献上《けんじょう》すると約しなかったの？　それこそ大王に叛意《はんい》のある証《あかし》、立派な理由じゃないの！」

「だとしてもだ、娘《むすめ》を使うような惰弱《だじゃく》さは持ちあわせておらん！」

やるなら自分の手でやる、と鼻息も荒く告げた真朱に、ほらみなさい、と珊瑚の声が一層険を帯びた。

「語るにおちたとはこのことよ……あんたたちには最初から大王に平伏《ひれふ》す気なんてまったくなかったんでしょう？　そんな連中の言い分のなにを信じろっていうのよ」

現に、と大きく手を振《ふ》ってうしろの男たちを指し示す。

瑠璃は血の気のひいた空いた方の手を痛いほどに握りこんだ。

「いっこうに報《しら》せを持ち帰らないワタシたちに、大王が追加で遣《つか》わされたこの者たちは、里につくなり襲《おそ》われたのよ？　逃《に》げこんだ山で紫苑さまが谷からおとされるのも、彼らが見てるんだから！」

「そんな者たちが里にはいったなどという報告は、受けておらんと言っておるだろう！」

「なら、あんたの娘が……あの瑠璃とかいう小娘が指図したってことね」

「……なぜ、瑠璃がそんなことをせねばならん」

ここではじめて割ってはいった声に、瑠璃はぴくりと肩を揺らした。

「翡翠兄さま……」

口の中で呟《つぶや》いた時、無言で様子をうかがっていた紫苑が、

「――いこう」

手をひいて促《うなが》した。その声の、表情の熱のなさに、瑠璃は握った手に思わず力をこめていた。

気づいた紫苑が、大丈夫《だいじょうぶ》、とでもいうようにこちらへ首を捻《ひね》って頷《うなず》く。

己《かれ》を亡《な》き者にしようとする人間がいるという現実に、自分のことのように胸が苦しくなる。

する。

——この人は、ずっとこの現実と戦ってきたんだ……。

話を聞いただけでわかった気になっていた。所詮《しょせん》気でしかなかったのだと、痛いほどに実感する。

「——だったら、あんたの仕業《しわざ》？」

その間にも珊瑚の糾弾《きゅうだん》は続いていた。

「あんたとあの小娘が手を組んだら、この男の知らないところで人手を動かすなんて簡単よね？　なんてったって、巫女《みこ》と次期長《おさ》なんですもの。なんにしたってとんだ孝行娘だわね、自分の身を犠牲《ぎせい》にしてあんたたちにとっての邪魔者《じゃまもの》を谷底へひきずりこんだんだから！」

皮肉な色をまとった感情的な叫《さけ》びに、瑠璃は目を瞠《みは》った。

——あれが、そんな話になってるなんて……。

あまりに現実と駆け離《はな》れた内容に啞然《あぜん》としていると、「……そもそもだ」と地を這《は》うような低い声で翡翠が唸《うな》った。

「それがたしかなことだという証は、どこにある？」

「だったら、二人はどこにいるわけ？　この者たちが襲われたことや目にしたものが信じられないって言うなら、この怪我《けが》はどう説明するつもりなの？」

「だからこうして、禁を破ってまで山を捜索《そうさく》しようと——」

「その必要はないよ」

言いあいに割りこむようにして、紫苑が静かに声をあげた。同時に階の陰から現れた瑠璃たちの姿に、場に居合わせた者たちがいっせいにこちらを見返った。

「瑠璃！」

「紫苑さま…ッ」

そのだれもが驚愕《きょうがく》をあらわにする。

当然だろう。谷底におちたと思われていた者が突如《とつじょ》姿を現したことも信じられないなら、二人の格好もひどいありさまだ。

ずぶ濡《ぬ》れという状態でこそないものの、狭《せま》い洞穴《どうけつ》をのぼり、山をくだってきた身体《からだ》は土埃《つちぼこり》にまみれている。瑠璃は左袖《ひだりそで》がなく腕《うで》が剝《む》きだしの状態で、紫苑にいたっては上衣をかろうじて身にはつけているものの肩から大きく裂《さ》け、火明かりの下でもどす黒く変色しているのがわかる。

なにかあったのかと問う必要もないほど、ただならぬことが起こったと体現していた。

啞然と立ちつくす人間たちをよそに、キッ、と鳴き声とともに翡翠の肩から飛びおりた影《かげ》があった。タッと地面を駆けてきたそれに、瑠璃もはっと握《にぎ》っていた紫苑の手を離し、前へでる。

膝《ひざ》を折って手をさし伸《の》べた。

「ソラ！」

伸ばした手から肩《かた》へと駆けあがってきたモモンガが、首元に小さな体を擦《す》りよせてくる。その温《ぬく》もりを瑠璃は掌《てのひら》で包みこむと、頬《ほお》をよせた。

「よかった……無事だったのね」

投げ捨てられた際に怪我でもして動けなくなっていたら……と心配していたが、元気そうな姿に安堵《あんど》の声が漏《も》れる。

それがきっかけになったのだろう。固まっていた人々が我に返ったように身動《みじろ》いだ。

「──瑠璃ッ、一体なにがあった!?」

「紫苑さま！　よくぞご無事で…っ」

ついで、翡翠と真朱、さらには琥珀が我先にと二人の方へ駆けよってくる。

そんな中にあって珊瑚だけが目を剝き、凍《こお》りついたように動かなかった。

「ばかな……」

愕然《がくぜん》と零《こぼ》れおちた声に、「悪かったよ」と琥珀に言葉をかけていた紫苑が、ひたりとそちらへ視線を据《す》えた。

「どうしたのさ、珊瑚？　死者が生き返ってきたみたいな顔して」

「ま、さか……」

まさにそんな顔つきで喘《あえ》いだ珊瑚に、くすり、と紫苑が嗤《わら》った。

様子はなかった。

「オレが生きてるのが、そんなに意外？」

「紫苑さま……？　おい、珊瑚？」

主《あるじ》と珊瑚の様子を、琥珀が訝《いぶか》しげに見比べる。しかし、珊瑚の目や耳には一切《いっさい》はいっている
「……だって、あんな傷を負って……」

「傷？——紫苑さま、怪我を!?」

珊瑚の独白めいた言葉に、琥珀がぎょっと紫苑の全身に視線を走らせる。たしかめるように伸びた彼の手を、紫苑は一瞥《いちべつ》で制した。

「どこに？」

代わりに軽く両手を広げてみせる。その動きに——あたりまえだが——ぎこちなさなどなかった。

「オレのどこにあんな傷があるって？——まるで、見ていたみたいな言い分だ」

「珊瑚……？」

紫苑の言葉に嘘《うそ》がないことをたしかめた琥珀が、ゆっくりと珊瑚を振り返る。その一瞬《いっしゅん》見えた彼の顔には、困惑《こんわく》と疑念がないまぜになったような複雑な色が浮《う》かんでいた。

「それとも、聞いたのかな？　おまえのうしろにいる、オレを襲った連中に」

「なにっ」

なんでもないことのように言い放たれた紫苑の一言に、翡翠と真朱までもが弾《はじ》かれたように珊瑚の方を見返った。

視線という視線が一気に彼へと突《つ》き刺《さ》さる。

「…………」

驚愕が張りついていた珊瑚の顔から、剝《は》がれおちるように表情が抜《ぬ》けおちていく。だれもが固唾《かたず》を呑《の》む中、美女と見紛《みまが》うその面《おもて》に、一転、鮮《あざ》やかな笑《え》みが浮かんだ。

「——あーあ、ばれちゃった。このまんまこの連中のせいにできると思ってたのにさ」

残念、と肩を竦《すく》めた珊瑚に、ついていけなかったのは周囲の方だった。

「なっ……これは一体どういうことだ⁉」

「珊瑚……！　おまえ、なにを言っているッ」

ざわり、と揺《ゆ》らいだ空気に、真朱と琥珀の一際《ひときわ》高い怒号《どごう》が交錯《こうさく》する。

「まさか、本当に紫苑さまを襲ったのはおまえなのか⁉」

「そうよ？　馬の件も毒ヘビの件も、仕組んだのはぜーんぶ、ワ・タ・シ。——とはいえ、直接手をくだすようなマヌケな真似《まね》はしてないけど。ここの連中のせいにしなきゃならなかったんだから、それなりの細工はしたわよ」

つめよらんばかりの琥珀に、けろりと返した珊瑚に、むしろ問いを投げた方が絶句する。

「なぜだ……」

「なぜ？　琥珀だって知ってるでしょ、この人ったら全然大王《おおきみ》の命を遂行《すいこう》するつもりがないんですもの。大王のお言葉を蔑《ないがし》ろにするだなんて、許されることじゃないわ」

開き直ったのか隠《かく》す必要がなくなったからなのか、鬱憤《うっぷん》を晴らすように語りだした珊瑚に、瑠璃は顔をこわばらせた。

「……どうして」

我知らず、気持ちが口から零れでる。

「紫苑さまは、あなたの主なんじゃないの？　幼いころから一緒《いっしょ》で……ことあるごとにこちらに食ってかかってくるくらい、好きなんじゃなかったの!?」

なのに、どうして紫苑の前でこんなにも悪気なく話ができるのか。——亡き者にしようと画策することができるのか。

唇《くちびる》を戦慄《わなな》かせ、声を荒《あら》げてつめよる瑠璃に、珊瑚がつっと視線をよこした。

「好きよ？」

なにを言っているのかと言わんばかりに、軽く首を傾《かたむ》ける。

「けど、一番じゃないわ」

「一番じゃ、ない？」

「そもそも、前提が間違《まちが》ってるのよ、小娘《こむすめ》。ワタシの——大友氏の主は、大王。それは『当然』のことよ。だから、いくら紫苑さまでも大王を蔑ろにするなんて許されないの」

ワタシだって紫苑さまが大王の命に従ってれば、こんなことするつもりはなかったわ。

そう、さも残念そうに続けた珊瑚に、紫苑がふっと息をついた。

静かな、怒《いか》りも悲しみもない、それこそわかりきっていたような淡々《たんたん》とした声に、瑠璃はと胸を突かれ背後を見た。

「違うだろ、珊瑚」

「おまえは最初から命令されてたんだ、『出水の地で皇子《オレ》を亡《な》き者にしてこい』ってね」

だろ？　と同意を求めた紫苑に、視界の端《はし》に映った珊瑚が真顔になるのがわかった。

「おまえが裏であれこれ動いてるのは知ってた。――そんな派手な格好してるけど、逆を言えば普通《ふつう》の身なりさえしてたら、だれもおまえだなんて思わないからね」

彼の指摘《してき》に、瑠璃の脳裏《のうり》を山林で見た人影《ひとかげ》がよぎる。

「……なら、あれは」

独りごちるように呟《つぶや》けば、そのとおり、とばかりに紫苑が顎《あご》をひいた。

――あれは翡翠兄さまじゃなくて、珊瑚だったんだ……。

そういえば、と今朝の彼の姿を思いだす。

装飾品《そうしょく》をすべてはずし、衣裳《いしょう》を改め、高く結《ゆ》っている髪《かみ》を括《くく》り直しさえしたら、『珊瑚』だとは思われずに行動できる。彼は人々の思いこみを利用して、『紫苑の従者兼《けん》護衛』以外の働きをしていたのだ。

「この里の迷惑《めいわく》にならない範囲《はんい》なら、したいようにさせておこうと思ってたけど……やりすぎたね、珊瑚」

大方、オレっていう目の上のたんこぶを始末したついでに、出水にその責めを負わせて服従を誓《ちか》わせようとか、一石二鳥を狙《ねら》ったんだろうけど。

紫苑の推測に、無言をとおしていた珊瑚が、ふふっ、と笑ったかと思うと、皮肉げに表情を歪《ゆが》ませた。

「──全部気づかれた上で、ワタシは泳がされてたってわけね」

「別に全部気づいてたわけじゃない、おまえにはおまえのしがらみがあるんだろうと思ってただけで」

「っ──珊瑚、おまえ…っ」

暴《あば》かれた仲間の裏切りに、琥珀が腰《こし》の剣《けん》に手をかけて前へとじりっと踏《ふ》みだす。

「こないでちょうだい！」

それを制するように珊瑚の声があがったかと思うと、鋭《するど》く風が唸《うな》った。と、首元にひやりとした熱を感じる。

「！」

「この小娘の命が惜《お》しかったらね」

冷たく耳朶《じだ》を震《ふる》わせた声に、瑠璃はひゅっと息をつめた。いつのまに距離《きょり》を縮めたのか、珊瑚がひたりとこちらへ刃《やいば》を突きつけていた。

「瑠璃!?」

「きさま…っ」

翡翠と真朱が叫《さけ》びざま剣の柄《つか》に手をかけたのを横目に見る。下手《へた》に動けば皮膚《ひふ》をひき裂《さ》くだろう刃の存在に、身動《みじろ》ぎもできない。それは彼らも同じだった。

さすがの琥珀も、知ったことではない、とは切り捨てられないようで、ぎりっと歯軋《はぎし》りして珊瑚をねめつけた。

そんな呼吸ひとつはばかられるような緊迫感《きんぱくかん》の中、静かにおとされた嘆息《たんそく》があった。

「……そんなにオレを怒《おこ》らせたいの、珊瑚？」

紫苑の双眸《そうぼう》がすっと細められる。

途端《とたん》、肌《はだ》を刺した殺気に、すかさず珊瑚が動いた。

「う、く…っ」

絞《し》めあげるように瑠璃の首へ腕を巻きつけ、すばやくこちらの背後に回りこむ。反動で肩から小さな体が地面へ放《ほう》りだされるが、目で追う余裕《よゆう》もなかった。

瑠璃の身体《からだ》を盾《たて》にして、珊瑚が紫苑へと対峙《たいじ》する。

「……」

それが答えか、と言わんばかりに、紫苑はこちらを見据《みす》えたまま琥珀へむかって手をつきだした。

「剣を――」

短い一言に、瑠璃は大きく目を瞠《みは》った。珊瑚の身体が一瞬こわばったのが、背中越《ご》しに伝わってくる。

要求された琥珀もまた、主《あるじ》の抱《いだ》いている葛藤《かっとう》を知っているのかいないのか、驚《おどろ》いたように紫苑へと首を巡《めぐ》らせた。

しかし、わずかな逡巡《しゅんじゅん》のあと、琥珀は腰から鞘《さや》ごと剣をひき抜くと、伸《の》ばされた手へ押しつけるようにして手渡《てわた》す。

しっかと紫苑の手に握《にぎ》られた剣に、

「紫苑、さま…っ」

彼の決意を止めたいのか、力づけたいのか、わからないまま瑠璃の唇から零《こぼ》れた名に、紫苑がこちらへと目をあわせて笑った。

そのまま迷いなく柄へ手をかけた彼に、珊瑚が「あんたたち!」と声をあげる。それを合図に背後の男たちからいっせいに鞘走る音が響《ひび》いた。

「待て、どうするつもりだ!」

今にも剣を抜《ぬ》かんとした紫苑へ翡翠が声を荒げる。

「どうって、下の不始末の責任をとるのは、上の仕事だろう?」

「そんなことを言っているんじゃないっ、瑠璃が人質《ひとじち》にとられているんだぞ⁉」

「じゃあ、逆に聞くけど——助ける以外、どうするって？」

答えるが早いか、紫苑の手が鋭く剣を抜き放った。

まとう空気が変わる。冷ややかな、それでいてまわりを圧するような雰囲気《ふんいき》が剣とともに解き放たれる。

「——あんたは、あの人に剣を抜かせることができるのね」

「つ……ッ」

つくづく目障《めざわ》りな小娘だわ…っ、と絞めあげる腕《うで》に一際《ひときわ》力がこもり、ぐっと喉《のど》がつまった。

苦しさに滲《にじ》む視界に、こちらを拘束《こうそく》したまま紫苑に向かって剣を構える腕が映る。

一触即発《いっしょくそくはつ》の空気の中、瑠璃は無我夢中でそちらへ手を伸ばした。指にひっかかった珊瑚の玉《たま》釧《くしろ》——玉を連ねた腕輪を手繰《たぐ》りよせるようにして、力のかぎりにひっぱる。

「な…っ⁉」

もはや完全に紫苑へ意識がむいていたのか、なにもできまいと油断したのか、珊瑚が体勢を崩《くず》し、糸が切れた玉が弾《はじ》け飛ぶ。

その機を逃《のが》さず、紫苑が足音もなく地面を蹴《け》った。

「この……！」

憎々《にくにく》しげに唸って、珊瑚が瑠璃の身体を突《つ》き飛ばす。直後、なぎ払《はら》うように一閃《いっせん》した剣をかろうじて受け止める。

キィン！　耳障りな金属音が高く夜闇《よやみ》に響き渡《わた》る。それが人々が呪縛《じゅばく》から解かれる合図だった。

「瑠璃のこと、頼《たの》んだ！」

つんのめるようにして地に膝《ひざ》をついた瑠璃は、背中越しに聞こえた叫びに振《ふ》り返ろうとしたところで、ぐいっと腕をとられた。この期《ご》に及《およ》んで盾にとられるわけにはいかないと振り払おうとして、

「――そんなもの、言われるまでもない」

降ってきた声に、はっと頭上を仰《あお》ぐ。

「翡翠、兄さま……」

剣を片手にあたりを牽制《けんせい》する翡翠に、半ばひきずりあげるようにして立たされる。そうして、まるで押しこめるように彼の背後へと回された。

その間にも、どちらからともなく雄叫《おたけ》びをあげながら、珊瑚の手の者と里の者たちがぶつかりあっていた。琥珀でさえ、いつのまにか短剣を握って男たちへと斬《き》りかかっている。

あっという間に乱戦となる中、闇にまぎれて小さな影《かげ》が走りよってくる。足元からよじのぼってくる気配にソラだと気づいたが、瑠璃の瞳《ひとみ》は翡翠の背中越しに見える光景に釘付《くぎづ》けになっていた。

一際激しい剣花を散らす一組がそこにはあった。

紫苑の剣の鋭さは言うまでもなく、珊瑚の一撃《いちげき》もまた重く風を唸らせる。見かけに反し、力押しで圧倒《あっとう》する質《たち》らしく、次々に斬撃《ざんげき》を振るう。

その姿に、はじめて紹介《しょうかい》された時の「腕はそれなり」という言葉が浮《う》かんだ。たしかになまなかな相手ではないらしい。重く剣が交わる響きが夜気を揺《ゆ》らすたび、胸の中心をぎゅっと冷たい手で摑《つか》まれるような心地《ここち》がする。

加えて、彼ら以外の互《たが》いの戦力にすくなからぬ差があった。

数でいえば里の者たちの方が多い。しかし、荒事《あらごと》に手慣れているのは珊瑚率いる男たちだ。紫苑とやりあって多少なりとも怪我《けが》を負っているとはいえ、それも含《ふく》めて場数を踏んでいるのだろう。反対に、里の者たちには神聖な場である境内《けいだい》で血を流すことに躊躇《ためら》いがある。真朱でさえ、剣を振るいながら苦々しい顔つきだ。

そういうものが積み重なって、最初は互角《ごかく》だった争いは徐々《じょじょ》に男たちの側へと形勢が傾《かたむ》いていく。琥珀も健闘《けんとう》しているが、やはり短剣では間合いに不利があった。

「……翡翠兄さま、わたしのことはいいですから」

「いいわけないだろうっ」

加勢に、と皆《みな》まで言う前に、翡翠が声を荒《あら》げて、襲《おそ》いかかってきた男の一人を斬り伏《ふ》せた。

その剣筋に迷いはない。

「──おまえが姿を消してどれほど心配したと思っている」

「！」

油断なく身構えながらも、低くよこされた声音《こわね》に胸を突かれる。不可抗力《ふかこうりょく》だったとはいえ、紫苑と一緒《いっしょ》に瑠璃まで行方《ゆくえ》不明とあっては里は大騒動《おおそうどう》だったに違《ちが》いない。

「申しわけ──」

「そう思うのなら、そこでおとなしくしていろ」

おまえを守りきるくらいの腕ならある──と告げて、翡翠は倒《たお》れた男の手から零れた剣《けん》を片手に剣を握ったまますばやく拾いあげた。

「おい、そこの従者！」

一声、じりじりと敵と対峙していた琥珀の意識をひくと、

「使え」

そんな一言とともに高く剣を放った。宙でくるりと回転したそれは、過《あやま》たず琥珀の前へとおちていく。

「──助かる」

こちらも見返りもせず礼を告げざま、短剣を投げ捨て器用に柄《つか》を掴みとると、即座《そくざ》に男の振りおろしてきた剣を受けた。

これでいいだろう、と言わんばかりにちらっとこちらを一瞥《いちべつ》した翡翠に、瑠璃は一連の動き

に瞬《まばた》きを忘れてこくこくと顎《あご》をひいた。

――翡翠兄さま……。

あの優《やさ》しい手の記憶《きおく》は、この人ではなかった。けれど、きっと今までも自分はこうして守られてきたのだと、立ちはだかるような背中に思う。

改めて気づかされた感謝の念と、守られているしかない自分に不甲斐《ふがい》なさを感じながら、せめて里の人々が深手を負わなければいい……とあたりに視線を配った時だった。

気でも失っていたのか、倒れていた一人の男がぴくりと動き、重たげに顔をあげた。気力を振り絞《しぼ》るようにしておもむろに手を伸ばす。

なにを、とその先に目を走らせて、瑠璃は顔をこわばらせた。

「――っ、紫苑さま、足元！」

瑠璃が叫《さけ》ぶのと前後するように、男が紫苑の足首を摑む。

均衡《きんこう》を崩された紫苑の身体がぐらりと揺らいだ。

「ぐ…っ」

「は――！」

なんとか膝の力を使って踏《ふ》み留《とど》まったものの、即座に珊瑚が裂帛《れっぱく》の気合いとともに剣を振りおろした。

ガキンッ、と鈍《にぶ》い音がする。

かろうじて頭上にかざした剣で攻撃《こうげき》を防いだ紫苑だったが、体勢の悪さに受け止めるのが精《せい》一杯《いっぱい》。それを見越《みこ》した珊瑚は交わりを解かず、押し切るように剣に力をこめるのが傍《はた》からでも見てとれた。

ギチギチと刃《は》と刃が擦《こす》れあう。

「紫苑さまッ」

琥珀が駆《か》けよろうとするが、すぐさま別の一人が立ちはだかる。

届かない助けに、瑠璃はきつく掌《てのひら》を握《にぎ》りこんだ。――と、ぎりっと手の中で擦れあう硬《かた》い感《かん》触《しょく》に気づいて指を開く。

ころり、と数個の玉が掌の上を転がる。ひきちぎった珊瑚の玉釧の一部だ。

「……」

見下ろしたそれに、悩《なや》んだのは一瞬《いっしゅん》だった。

瑠璃は左右に視線を走らせ、翡翠の背後からさっと走りでた。

「瑠璃!?」

おとなしくしていろと言ったばかりの従妹《いとこ》の突然《とつぜん》の行動に、翡翠が咎《とが》め声をあげる。慌《あわ》ててこちらに踏みだしてきた彼を横目に、瑠璃は右手を振りかぶった。

「――願いっ」

かすめるだけでもいい、あたって！　と祈《いの》りながら、珊瑚の背中にむかって玉を思いきり投げつける。

ひゅっと風を切って飛んだ玉が夜闇を裂《さ》く。

気配にか、珊瑚がはっと振り返った。

しかし、所詮《しょせん》は女の力だ。バラバラと玉が珊瑚の背後を打ったものの、傷ひとつ負わせるにはいたらない。

ただ、珊瑚の気をそらすという意味では十分だった。

力が緩《ゆる》んだ一瞬、紫苑は相手の剣を自らの刃の上を滑《すべ》らせるようにして交わりを解いた。緩んだとはいえ、力をかけていただけに支えを失った形になり、今度は珊瑚が前のめりに体勢を崩す。

先の隙《すき》を珊瑚が見過ごさなかったように、紫苑もまたその機会を逃すはずがなかった。

剣を滑らせた反動を利用して身体《からだ》を捻《ひね》る。摑まれた足を軸《じく》に、剣を大きく頭上で回転させながら体勢を立て直すと、その勢いのまま珊瑚の握る剣の根元へ叩《たた》きつけた。

「つ…っ」

衝撃《しょうげき》に珊瑚が剣をとりおとす。紫苑はすかさず彼の首筋へ、ひたりと刃を押しあてた。

「——ここまでだ」

「はっ……そのようね」

力が抜《ぬ》けたように地面に膝《ひざ》をついた珊瑚へ油断なく剣を突《つ》きつけながら、紫苑はぐるりと周囲を見渡《みわた》した。

「見てのとおりだ！　大倭の者たちは即刻《そっこく》剣をひけ！」

彼の口からほとばしった命と周囲を圧倒する気迫《きはく》に、珊瑚についていた男たちが口惜《くちお》しげに、けれど逆らう気力もない様子で次々と剣を手放す。

その光景に、瑠璃は「まったくおまえはっ」と翡翠から小言をもらいながら、細く安堵《あんど》の息をついた。

そうして、長い長い一日は幕を下ろしたのである。


「……え？」

告げられた言葉に我知らず零《こぼ》した瑠璃に、紫苑が気遣《きづか》わしげに眉《まゆ》をさげた。

「大丈夫《だいじょうぶ》？　あれからほとんど寝《ね》てないんじゃない？」

一夜明け、いつもどおり神殿《しんでん》の階《きざはし》のたもとに姿を現した彼は、まだ生々しく争いの痕跡《こんせき》の残る周囲を見回した。一応、仮初《かりそ》めの祓《はら》えはおこなったものの、本格的に清めるのは明るくなったこれからになる。

あれから寝る間も惜しんで怪我人の手当てに、穢《けが》れの祓いにと奔走《ほんそう》して、気がつけば日がのなかった。

ぼる刻限になっていた。紫苑の言うとおり、ほとんど休んではいないが、今はそれどころでは
「──本当に、明朝発《た》つんですか？」

たしかめるように問うた瑠璃に、ああ、と紫苑は微苦笑《びくしょう》を浮《う》かべた。

「うん、明日都へ戻《もど》るよ。珊瑚たちを連れ帰らないといけないからね。早い方がいいだろう？」

「ですが……」

言うことはもっともだが、大王《おおきみ》の腹のうちを知った今となっては簡単に「ああ、そうですか」とは言えなかった。

「大丈夫、なんですか？」

「うん？──ああ、珊瑚たちのこと？」

不思議そうに瞬いた紫苑が、すぐに合点《がてん》したように頷《うなず》いた。

「真朱どのが都まで手勢を貸してくれるらしいから、彼らの移送に問題はないよ」

しかし、方向違いの答えに、瑠璃はそうではなくてと頭《かぶり》を振《ふ》った。

「大王の命じられたもの──トキジクノカクノコノミも手にいれられず、密《ひそ》かにあなたを亡《な》き者にするよう命じていた大王のもとに戻って、本当に大丈夫なんですか？」

それこそあの洞窟《どうくつ》で彼自身が言っていたように、命令の不履行《ふりこう》で罰《ばっ》せられてもおかしくない。

その身が危ないのではと案じる瑠璃に、紫苑は笑《え》みを柔《やわ》らかなものへと変えた。

「心配してくれるんだ？」

「あたりまえです」

間髪《かんはつ》をいれずに返せば、彼は面食《めんく》らったような表情になる。どうやらからかったつもりらしい、と気づいたが、心配しているのは本当のことだ。

紫苑はふっと息をついた。

「ありがと。……大丈夫かどうかって言われるとアレだけど、ここにいても同じことだ。迷惑《めいわく》になるだけだからね」

「迷惑だなんて……」

今さら、という言葉を呑《の》みこんだ瑠璃に、彼はわかってるというように緩く首を左右にした。

「オレが珊瑚の動きを静観してたせいで、神域を穢した上に瑠璃まであんな目にあわせることになったんだ。キミが巫女《みこ》として守ってきた里を――出水をこれ以上荒《あ》らせない」

「それ、は――」

巫女として、という言葉に、うしろめたいような気まずいような気分で視線をおとす。

紫苑も聞いたはずだ、自分が神など頼《たよ》ってもしかたがないと思っていたことを。なのに守ってきたなどと言えるはずがない。

「――瑠璃はさ」

するとと紫苑の手が伸《の》びてきて、そっと頬《ほお》に触《ふ》れた。そのまま上をむくように促《うなが》され、瑠璃は気後《きおく》れする気持ちを拭《ぬぐ》えないままにゆっくりと彼と目をあわせた。

「巫女としての自分に、罪悪感を覚えてる？」

「！」

柔らかに切りこまれ、目を瞠《みは》る。揺《ゆ》らいだ瞳《ひとみ》が、なによりの答えだった。

「……なにもしてはくれない神に、」

それでも、責めるでも呆《あき》れるでもないまっすぐなまなざしに、絞《しぼ》りだすように言葉を紡《つむ》げば、

「うん」と穏《おだ》やかなあいづちが返った。

「祈っても、しかたがないじゃないですか。なにもしてくれないのなら、せめて平らかなままでと願うくらいしか。だけど……」

「けど？」

「里の人たちは、ありがたいって……巫女さまの、ひいては神さまのおかげだと、感謝されると、苦しくて」

巫女が神の力を信じていないなど、それを縁《よすが》にしている人々に言えるはずがない。けれど、自分しかいないのに辞《や》めるわけにもいかない。

瑠璃はそんな板挟《いたばさ》みの心を、導かれるようにして吐露《とろ》していた。

「そっか」

紫苑は「巫女失格だ」などと糾弾《きゅうだん》することはなく、逆に優《やさ》しい笑顔になると慈《いつく》しむように目を細めた。

「でも、やっぱり瑠璃はこの地の人たちを守ってきたんだと思うよ」

「そんなこと」

「ある」

ありません、と続けようとした先を遮《さえぎ》って断言される。

「神に頼るだけではどうにもならないと知っていたから、薬草を学んだんでしょ？　おかげで病が治った人たちだっていたはずだ。それに苦しくても巫女の役目をまっとうしてきたのは、みんなのためを思ってたから——違《ちが》う？　そのおかげでこの地は平らか……だったんじゃないかな。人の心が安らかなら、余計な争いごとは起きないよ」

騒《さわ》がせちゃったオレが言うことじゃないけどね、と微苦笑しながら、「覚えてる？」と紫苑は山の方へと視線を投げた。

「昨日、瑠璃は『どうして今になって』って言ってたけど」

「！　聞いて……」

なにが、と問うてくるようなこともなかったため、てっきり耳に届いていなかったのだと思っていた。

まあね、というように紫苑が唇《くちびる》の端《はし》をあげた。

「今だから、だったんじゃないかな」

『今だから』？」

「そ。オレを助けるため――」

瑠璃がまじめに聞いて損をした……と思いかけた瞬間《しゅんかん》、

「っていうのはまあ、おいといて」

紫苑が笑いながら続ける。その様子からして、こうした反応が返ってくると予想していたらしい。

「今だから――瑠璃がもう一人で立てるから」

心に刻みこむように紡がれた言葉に、瑠璃は虚《きょ》を衝《つ》かれた。

「一人で、立てるから？」

「もし、だよ。キミの母上が病気の時、あの泉を見つけてたらどうしてた？」

「そんなの！　もちろん、母に飲ませて……」

なにをあたりまえのことを、と仮定の話だということも忘れてつい声を荒《あら》げる。対する紫苑はあくまで静かに頷いた。

「だろうね。結果、キミは神を頼ることを覚えたんじゃないかな」

薬草を学ぶこともなかっただろう。

指摘《してき》されて、はたと口を噤《つぐ》む。

もし、そうなっていたら、今ごろどうなっていただろう？　と改めて考える。

一度、あの泉の穢れを祓う力を知ってしまったら使わずにいるのは難しい。怪我《けが》でも病でも安易にあの湧《わ》き水で癒《い》やしていたら、おそらく広く噂《うわさ》になっていたはずだ。いくら他言無用を強《し》いても人の口に戸はたてられないし、傍からも不自然さはあきらかだろう。

そうなれば、トキジクノカクノコノミの噂どころではない。大王はおろか、周辺の権力者さえ出水の地を奪《うば》おうとしていたはずだ。

思い至った可能性に、瑠璃はふるりと肩《かた》を震《ふる》わせた。

「悲しいことも、辛《つら》いこともある。けど、人は人の手で生きてかなきゃならない。──八百津国命は、そう伝えたかったのかもね」

「紫苑さま……」

「なーんて、全部オレの想像だけど」

それまでの雰囲気《ふんいき》とは一変、紫苑が湿《しめ》った空気を払《はら》うようにからりと笑う。

「ようは、瑠璃はそのまんまの瑠璃でいいってこと。──あ、でも、オレの前では笑ったり泣いたりしてくれてもいいからね？」

「……遠慮《えんりょ》しておきます」

今さらながらに感情に任せて色々とぶちまけてしまったあれこれを恥《は》じ入ってわずかに目をそらした瑠璃に、彼は「残念」と肩を竦《すく》めた。

そんな紫苑へ、そろりと視線を戻《もど》す。

「――本当に、いくんですか？」

「ああ」

きっぱりと返った頷《うなず》きに、ひき留めたい気持ちを押し殺す。自分には自分の役割があるように、彼には彼のやるべきことがあるのだ。

それでもさがってしまう眉尻《まゆじり》に、紫苑もまた困ったように眉をさげた。

「そんな顔されると帰りたくなくなるなぁ……」

冗談《じょうだん》めかしつつ、彼は頬に触れていた手を離《はな》すと、ぽん、と瑠璃の頭をなでた。

「大丈夫《だいじょうぶ》、瑠璃にお婿《むこ》さんにしてもらえるまで、死んでも死にきれないから」

「また、そんな……」

「ほんとのことだよ。――だから、瑠璃も元気で」

明日は見送りはいらないよ。これ以上里を騒がせないように夜が明ける前に発《た》つつもりだし、名残惜《なごりお》しくてそれこそ帰る気がなくなるから。

そう言い置いて、紫苑は笑顔で身を翻《ひるがえ》した。

「……」

瑠璃はなでられた感触《かんしょく》の残る頭にそっと触れながら、遠ざかる背が見えなくなるまでじっと立ちつくしていた。

春とはいえ、早朝ともなれば空気はひんやりとした冷気をまとう。

まだ空には星々のきらめきが残るころ、松明《たいまつ》を灯《とも》して静かに橘の里をあとにしようとする一行があった。

その先頭、馬にまたがった紫苑が里の出入り口にさしかかった時、

「紫苑さま」

横合い、柵《さく》の陰《かげ》からかかった声が静寂《しじま》を揺らした。

「！　瑠璃!?」

驚《おどろ》いたように見下ろした視線の先に進みでるようにして、瑠璃は柵の陰から姿を現した。

「なん――」

彼はでかかった声を呑《の》みこむようにしていったん唇を閉《と》ざすと、隣《となり》にいた琥珀に先にいくよう指示をだし、馬からおりてきた。

「どうしたの？　見送りはいいって……」

困惑《こんわく》を隠《かく》さない彼に、瑠璃は手にしていた竹筒《たけづつ》をさしだした。

「これを、持っていってください」

「……これは？」

「あの泉の湧き水です」

松明の灯りに映しだされた紫苑の顔が、ぎょっとしたのがわかる。目を瞠《みは》り、まじまじと竹筒を見下ろした。

「どうして……」

「昨日、御山《みやま》を清めるためにあの清水を汲《く》みにいったから。その時に、一緒《いっしょ》に」

「いや、そういうことじゃなくて」

なぜこれを自分に、と目顔で問いかけてくる紫苑を、瑠璃は射貫《いぬ》くようにまっすぐ見つめ返した。

「これをどうするのかは、あなたに任せます」

その言葉に、彼は再び竹筒を凝視《ぎょうし》した。さりとて手を伸《の》ばそうとはしないまま、沈黙《ちんもく》がおちる。

「――このことを、キミの父上たちは知ってるの？」

静かに問われ、瑠璃は緩《ゆる》く首を左右にした。

「知りません。あの洞窟《どうくつ》の話はしましたが、湧き水の力については話していないので」

珊瑚たちは紫苑の大怪我を実際目にしているため、彼が傷ひとつ負っていないことに疑問を抱《いだ》くだろうが、父や翡翠にならどうとでも言うことができる。

「人が人として生きていくために、神の力は大きすぎますから」

「だったら、どうしてこれを」

解《げ》せない表情で顔をあげた紫苑に、瑠璃は泳ぎそうになった目にぐっと力をこめた。

どうして？　そんなことは決まっている――

「――あなたに、生きていてほしいから」

ただ、それだけだ。

負ったはずの怪我が跡形《あとかた》もないとなれば、今は冷静な判断ができなくなっている珊瑚たちでも、いずれ『出水の秘薬』に思い至って知られることになる。

だとか、
危ないとわかっていてなお、自分たちを慮《おもんぱか》って都へむかおうとする彼に待ち受けるものを見て見ぬふりをするなど人としてできない。

など、湧き水を汲みにいく間もさまざまな言い訳が頭の中を巡《めぐ》っていた。

けれど、結局はそういうことなのだ。

もしかしたら、紫苑なら口だけできり抜《ぬ》けられるのかもしれない。これを渡《わた》すことで、この里に新たな火種が降りかかるかもわからない。

だから、これは自己満足だ。

「瑠璃……」

そんなことを言われるとは思いもよらなかったのだろう。驚きもあらわな紫苑に、らしくなさに今さら気恥《きは》ずかしさがこみあげてきて、

「用はそれだけです」

瑠璃は彼の手に竹筒を押しつけると、身を翻した。

「――っ、待って！」

しかし、うしろから手首を摑《つか》まれる。え、と見返る間もなくその腕《うで》をひかれ、気づいた時には紫苑の腕の中に抱《だ》きこまれていた。

「!?　しお――」

「――キミが好きだ」

軽さなどどこにもない、直接胸を揺《ゆ》さぶるような声に呼吸が止まる。

紫苑のすこし速い鼓動《こどう》と、自分の苦しいほどのそれが、重なりあうようにして響《ひび》きあう。まるで、二人がひとつになるような感覚に、なおさら鼓動が昂《たか》ぶっていく。

「ほかのだれでもない、瑠璃だけが。――キミが信じてくれるまで、何度だって言い続けるよ」

「紫苑、さま……」

放すものか、とでも告げるように彼の腕にぎゅっと力がこもったかと思うと、次の瞬間《しゅんかん》あっけなく解放される。

「あの、」

「これ、ありがとう」

しかし瑠璃が言葉を探すより先に、紫苑は軽く竹筒を掲《かか》げると踵《きびす》を返した。先をいく一団に追いつくべく、颯爽《さっそう》と馬へまたがる。

こちらの心を揺さぶるだけ揺さぶって、なにごともなかったように去っていこうとする彼に、瑠璃は唇《くちびる》を噛《か》んだ。

——嘘《うそ》つき…っ、何度だって、だなんて。

きっと目的をはたした紫苑は、もうここへは戻ってこないだろう。この先会うこともない人が、どうやったら言い続けられるというのか。

でも。だからこそ——

「——紫苑さま！」

今にも駆《か》けだそうとしていた紫苑に、瑠璃は声を張りあげた。

彼にとって最後の自分の記憶《きおく》が、彼の望む笑顔《えがお》であってほしいから、その顔に精一杯《せいいっぱい》の笑みを浮《う》かべる。

「お元気で」

「——うん、瑠璃も」

紫苑もまた輝《かがや》くような笑顔だけを——いや、瑠璃の胸に芽生えはじめていた淡《あわ》い想《おも》いも残して、夜明け前の橘の里を旅立っていった。

終章　風の行方《ゆくえ》

屋敷《やしき》の一角、いつもどおり巫女《みこ》として里の人を迎《むか》えいれていた瑠璃は、途切《とぎ》れた訪《おとな》いにほうっと息をついた。

今日はこれで終《しま》いだろうと片付けをして、部屋をでる。

「巫女さま、長《おさ》が終わり次第《しだい》くるように、と」

「父が？」

控《ひか》えの者から伝言を受け、なんだろうと内心首を傾《かし》げながら頷《うなず》いた。

「わかったわ。身なりを改めたのちにうかがいますとお伝えして」

かしこまりましたと頭をさげる彼女に、「お願いね」と告げて、そうとは見えぬ程度に早足で部屋へと戻《もど》った。

巫女としての装束《しょうぞく》から普段着《ふだんぎ》に着替《きが》えていると、気づいたらしいソラが目を覚まし、いつものように懐《ふところ》へ潜《もぐ》りこんでくる。

「そのまま寝《ね》てたらいいのに」

ごそごそと居心地《いごこち》のいい場所を探すソラのくすぐったさに笑いが零《こぼ》れる。とはいえ、その温《ぬく》もりがなければ寂《さび》しいのだから、彼のことは言えない。

そうして身なりを整え、瑠璃は真朱の待つ正殿《せいでん》へと足をむけた。

紫苑たちが里を発《た》ってから、約一月《ひとつき》。

里はいつもの風景をとり戻していた。まるで彼らがいた事実などなかったように、以前と変わらない。

変わったことといえば、瑠璃の神にむきあう姿勢だろう。

基本的には変わらない。平らかであれと願い、穢《けが》れの種類に応じて薬草を処方する。ただそこに、すこしばかりの神に対する感謝が加わるようになり、人々に対する罪悪感が薄《うす》れた。

あとは——。

「紫苑さまについて大倭へ赴《おもむ》いた人たちが、そろそろ戻るころかしら」

意識的であれ、無意識であれ、大倭のある方角へ目をやることが増えた。

今も無意識に見やって立ち止まっていた瑠璃は、いけない、と正殿へと足を急がせた。

——それにしても、わざわざ呼びだすなんて、なんの用だろう？

なにかあっただろうか、と考えを巡らせるが思いあたる節はない。それこそ、珊瑚たちの移送を手伝い大倭へむかった人々が戻ったのだろうか。

「——もしかして、あの人になにか……」

よくない想像がよぎり、瑠璃は頭《かぶり》を振《ふ》った。

余計なことを考えてもしかたがない、と正殿へ渡り、父の居室へとむかう。

「お呼びとうかがいましたが……」

戸の脇《わき》で中へと声をかければ、「はいれ」とすぐに返答がある。

「失礼いたします」と中に踏《ふ》みいった瑠璃は、一瞬その足を止めた。

こういう場合、普段《ふだん》なら父のうしろに控えるように座っている翡翠が、今日は正対する形で腰《こし》をおろしているのだ。

「どうした」

怪訝《けげん》そうに声をかけてきた真朱に、「いえ」と返して瑠璃は翡翠のうしろに座す。

常ならぬ様子に警戒《けいかい》が拭《ぬぐ》えずにいると、おもむろに父が胡座《あぐら》をかいた膝《ひざ》を手で打った。

「今日呼んだのはほかでもない。おまえの結婚《けっこん》のことだ」

「――結婚」

思わぬ話に、瑠璃は一拍《いっぱく》置いて呟《つぶや》いた。

真朱が、うむ、と頷く。

「あの皇子《みこ》がどういうつもりでおまえに言いよっていたのかは知らんが……嫁《よめ》にさしだせとでも言いだしたら厄介《やっかい》だ、ほかの皇子相手でもな。ならば万が一にもそんなことを言いださないうちに番《つが》わせた方がいいだろう、という話になった」

「……お相手は」

「むろん、翡翠だ」

打てば返るように告げられ、瑠璃は父から翡翠へと視線を移した。それを感じたように、翡翠が肩越《かたご》しにこちらを見返った。

——翡翠兄さまと、結婚。

確と約されていたわけではないが、昔からほぼ決定事項《じこう》だった。瑠璃自身、それを疑ったこともない。

だが、いざ突《つ》きつけられて浮かぶのは、

『ねえ——オレのこと、お婿《むこ》さんにしてくれる？』

甘やかな声と笑顔だった。

「瑠璃？」

再び訝《いぶか》しげにかけられた声に、はっとする。

二対《つい》の瞳《ひとみ》がこちらを見ていた。ひとつは声のとおり、なにをぼうっとしているのかと咎《とが》める色を含《ふく》み、もうひとつは——こちらの心を見透《みす》かすように険しい色をしていた。

——翡翠兄さま……。

自分が間違《まちが》うと、もしくは間違いそうになると、いつもあの瞳に咎められた。それは怖《こわ》かったけれど、けして理不尽《りふじん》なことではなかった。彼は自分《瑠璃》を正しい方へ導くのが務めだと自らに課していただけだ。

そうやって、あの背中に守られてきたのだと、今なら知っている。

「……」

あるべき場所におさまるだけだ――ただほんのすこし、胸が痛むだけで。

その痛みを握《にぎ》り潰《つぶ》すように袖《そで》の中で掌《てのひら》を握りこむと、瑠璃は居住まいを正した。

「――わかりました。そのお話、承《うけたまわ》ります、と床《ゆか》に両手をつき、頭をさげようとした時だった。

キュッ、と小さな鳴き声をあげたソラが、突然《とつぜん》あわせから顔をだした。ついで肩へと駆けあがる。

え？　と動きを止めた瑠璃に、背後から影《かげ》がかかった。

「！　おまえはっ」

翡翠が目を瞠《みは》って腰を浮かせかけたのと、その声が響《ひび》いたのはほぼ同時だった。

「ルーリ」

甘い声が耳朶《じだ》をくすぐる。背後から伸《の》びた二本の腕《うで》にぎゅっと抱《だ》きこまれた。

「なに、わかりました、とか言ってるの？　キミのお婿さんはオレでしょ」

「！」

背中を包んだ温もりと、耳元で囁《ささや》くように吹《ふ》きこまれた声に、一瞬鼓動《いっしゅんこどう》が止まった気がした。

「――紫、苑、さま？」

「うん」

かろうじて絞《しぼ》りだした声に、あっさりと肯定《こうてい》が返る。

それでもあまりの出来事に動けずにいる瑠璃に代わって動いたのは、翡翠だった。

「なぜ、皇子がここに!?」

「ああ、真朱どのに翡翠どの。色々と事情があってね、また厄介になることになった」

「なっ……どういうことだ、それは！」

「そんな話はお聞きしておりませんぞ！」

もはや敬いをかなぐり捨てた翡翠と、一足遅《おく》れて驚《おどろ》きからたち返った真朱が口々に言い募《つの》る。

「それはまた説明する。今は――っと」

「きゃ…っ」

紫苑の言葉が途切れたと思った直後、ふいに背後へ倒《たお》されるようにして上体が浮《う》きあがった。

崩《くず》れた均衡《きんこう》をたて直そうとするより早く、今度は全身が浮遊感《ふゆうかん》に包まれる。瑠璃はとっさに触《ふ》れた絹の感触《かんしょく》を縋《すが》るように握り締《し》めた。

「瑠璃はもらっていくよ」

そんな言葉とともに、身体《からだ》が揺《ゆ》れ、目に映る景色が変わる。

瑠璃はようよう自分が紫苑に抱きあげられていることに気がついた。

「紫苑さま、これは――」

「おいっ、待て！」

「娘《むすめ》をどうするつもりです⁉」

三者三様の声があがる中、長居は無用とばかりに紫苑が部屋をでれば、そこには苦い顔の琥珀の姿があった。

「琥珀、あとは頼《たの》んだよ」

言い置くと、彼が「はい」とも「いいえ」とも応じないうちに紫苑は歩きだす。

「――あのっ、これは一体」

「ん？　だって、オレというものがありながら、瑠璃が彼との結婚を了承《りょうしょう》しようとするから略奪《りゃくだつ》してみた、と笑う紫苑に、状況《じょうきょう》についていけずに軽いめまいがする。

「――っていうのは、冗談《じょうだん》だから。そんなに怒《おこ》らないでよ」

なだめるような声に、別に怒っているわけでは……と言いかけた瑠璃は、揺れる肩の上から紫苑を威嚇《いかく》しているソラを目に留めた。

「ソラ……」

「かわいい護衛も怖いし、とりあえずおちついて話ができる場所にいこうか」

そのまま、以前彼らが使っていた別棟《べつむね》へ足をむけた紫苑に、瑠璃ははたと気づいて彼の胸元《むなもと》を握り締めていた手を解いた。

密着した体温やすぐそこにある顔に、面《おもて》をあげられない。

「――わかったから、あの、おろしてください」

「うん、ついたらね」

「ついたらじゃなくて、歩けますから…っ」

「オレがこうしたいの」

ほらほら、危ないから暴れないの。

そうあしらっていっこうにおろすつもりのない紫苑は、その間にも歩を進めていく。

もうこうなっては身を硬《かた》くしているしかない。俯《うつむ》けている顔にどうしようもなく熱が集まってくるのを感じつつ、早くつくことだけを願っていると、小さな笑いがおちてくる。

――だれのせいだと…っ
羞恥《しゅうち》とちょっとした憤《いきどお》りに瑠璃が肩を震《ふる》わせていると、

「ほら、ついたよ」

堂へあがる階《きざはし》に腰掛《こしか》けるようにおろされた。

ようやく解放された緊張感《きんちょうかん》にほっと息をして、瑠璃はいまだに威嚇を解かないソラをなだめるように両手に包みこんだ。その温《ぬく》もりに一段と心がおちつくのを感じつつ、階の前に立つ紫苑をぎこちなく見上げた。

楽しげな微笑《ほほえ》みを浮かべてこちらを見下ろす彼に、本当に紫苑さまだ……と改めて実感する。

「さっきは挨拶《あいさつ》してる暇《ひま》もなかったけど、ひさしぶり」

「はい……というか、あの、どうして紫苑さまはここに……？」

大倭に戻《もど》ったはずではないのかと言外に問うた瑠璃に、紫苑が苦笑《くしょう》を滲《にじ》ませた。

「うん、都には戻って、珊瑚たちも、まあどうなるかわからないけど『皇子《みこ》を亡《な》き者にしようとした』ってことでひき渡《わた》して、今は牢《ろう》に繋《つな》がれてるんだけど……」

「けど――？」

「例の湧《わ》き水がさ」

紫苑の口から発せられた単語に、我知らず表情がこわばった。

「……あれが、どうしたんですか？」

警戒《けいかい》から瑠璃の声は低くなったが、紫苑はなんでもないことのように続けた。

「ただの水になってた」

「――え？」

「だから、なんの力もなくなってたんだ」

言われた意味がうまく呑《の》みこめずに瞬《またた》くと、より詳《くわ》しく言い直される。

意外すぎる結果に唖然《あぜん》と紫苑を見上げれば、彼は苦笑を深めた。

「オレが大怪我《おおけが》を負ったのは、あの場にいた連中にとっては周知のことだし、黙《だま》ってたっていずれ勘《かん》づかれる。だったら、と思って大王《おおきみ》に渡したんだけどね」

さすがに、殺そうとした息子《むすこ》から渡されたものを自分で試《ため》す気にはならなかったのだろう。たまたま具合のよくない側仕《そばづか》えがいたため飲ませたところ、良くもならなければ悪くもならなかったのだという。

「――で、腹をたてた大王に、追いだされた」

「追いだされた？」

「ま、正確に言うと、本物の秘薬を手にいれるまで戻ってくるなって命じられたんだけどね」

「でも、それでは……」

あれは間違《まちが》いなく、橘《たちばな》の根元から湧いた水を汲《く》んだものだ。それが時を経たからか、出水の地より持ちだされたからか、効き目がなくなってしまったのだとしたら、紫苑にはどうにもできないはずだ。

ならば実質追放されたようなものではないか。

「うん、だから覚悟《かくご》して？」

「覚悟？」

にっこりと笑った紫苑が、おもむろに瑠璃の座る階の一段上に両手をついた。囲いこまれるような形で上からのぞきこまれ、反射的に顎《あご》をひく。

だが、それ以上逃《に》げ場のない彼女の耳元へ、紫苑はつと唇《くちびる》をよせた。

「あの泉を手にいれようと思ったら、瑠璃を手にいれるしかないでしょ？」

「――！」

吐息《といき》混じりに吹きこまれた囁きに、自分の意思とは関係なく顔に熱が集まってくる。一方で、胸を刺《さ》した小さな棘《とげ》に、瑠璃の瞳《ひとみ》に落胆《らくたん》の色が走った。

――なんだ……。

自分《瑠璃》だけが好きだと言ったくせに、結局自分でなくともいいのだ。あの泉さえ手にいれられるのなら……。

とそこまで考えて、瑠璃ははっと視線をあげた。

じっとこちらを見ていたのだろう、かちあった双眸《そうぼう》が意味ありげに――面白《おもしろ》そうに細められる。

――この人は…っ

わざと誤解されるような物言いをして、こちらの反応を楽しんでいたのだ。

自分を手にいれて、実質泉の所有権を手にしたところで、水を持ちだそうとしたら同じことだ。長《おさ》の娘を手にいれることに意味はない。

「――紫苑さまは、大倭に戻れなくてもいいんですか」

「うーん、特に未練はないかな？　でも、瑠璃のお婿《むこ》さんになるには『皇子』って立場はあった方がはったりはきくかなぁ」

気遣《きづか》わしげに問うた瑠璃に、紫苑は屈託《くったく》なく笑う。

「言ったでしょ？　信じてくれるまで言い続けるって」

そのためには瑠璃の傍《そば》にいないとね、と彼の右手がゆるりと頬《ほお》をなでる。輪郭《りんかく》をなぞるようにして滑《すべ》りおりた指先が、宝物でも扱《あつか》うような仕草で顎を持ちあげた。

近すぎる距離《きょり》に、与《あた》えられる温もりに、小さな震えが走るが、優《やさ》しさの中にも熱のこもるまなざしにからめとられたように動けない。

「――瑠璃、好きだよ」

声が唇をかすめ、ゆっくりと紫苑の顔が近づいてくる。

あとすこしでそれが重なろうとした瞬間《しゅんかん》――キッ、と鋭《するど》い鳴き声とともに、瑠璃の手の中から抜《ぬ》けだしたソラが紫苑にむかって飛びかかった。

「――ぉわっ」

「……っ」

突然《とつぜん》の間近からのそれに、避《よ》けきれずに紫苑が仰《の》け反る。

雰囲気《ふんいき》に呑まれていた瑠璃もまた、わたしはなにを…っ、と一気に血をのぼらせて顔を背《そむ》けた。

「……」

数拍《すうはく》おちた沈黙《ちんもく》に、

「……くっ」

低い笑いが零《こぼ》れる。

「ははっ」

胸元《むなもと》のソラを片手で受け止めるようにして笑いだした紫苑に、瑠璃もまた、くすり、とつられるように笑いを零していた。

「まさか、ここでまた邪魔《じゃま》されるとは思わなかったなぁ」

優秀《ゆうしゅう》な護衛だ、とむけられた手に両手をさしだせば、ちょこん、といまだに警戒剝《む》きだしのモモンガがのせられる。

「ま、先は長いんだ、護衛とものんびり口説くよ」

だから、覚悟して？——と紫苑が手をさし伸《の》べてくる。

その手と浮《う》かべられた笑《え》みを交互《こうご》に見やった瑠璃は、ひとつ息を呑むとゆっくりと手を伸ばした。

「——はい」

遠慮《えんりょ》がちに重ねた掌《てのひら》を、しっかりと握《にぎ》り締《し》められる。

「よし……じゃあ、瑠璃の言質《げんち》もとったところで、戻ろうか？」

琥珀もそろそろ限界だろう、と悪びれない笑顔で紫苑がその手をひく。

泉のことや、結婚《けっこん》のこと、この先の道はけして平坦《へいたん》ではない。

それでも、この手を、この背中を、見失いたくないと思うから……。

「はい」

繋いだ手を強く握り返して、瑠璃は階《きざはし》をおりる。

「いきましょう」

見合わせた顔にどちらからともなく微笑みを浮かべると、二人は肩《かた》を並べるようにして一歩を踏《ふ》みだした。

あとがき

はじめましての方も、おひさしぶりですの方も、こんにちは。岐川新《きがわあらた》です。

このたびは『巫女華伝《みこかでん》』をお手にとっていただき、ありがとうございます。

今回は日本神話をベースに飛鳥《あすか》や奈良《なら》時代の要素もとりいれた、なんちゃって古代ファンタジーです。一応モデルにした人物や地域があったりもするのですが、蓋《ふた》を開けてみると神話の要素はどこへやら、といった状態に……。

この話を書くにあたって作ったメモの一番上に「巫女ですが押しかけムコもらいました⁉」と大きく走り書きがしてあるのですが、まさにここからはじまった物語でした。

押しかけ女房《にょうぼう》は聞くけど、押しかけ夫って聞かないなぁ。押しかけてくるくらいだから強引なタイプだよね。だけど、俺様って感じじゃなくて……とキャラクターができていき、舞台《ぶたい》を考え、物語の形が出来上がりました。メモの印象とはだいぶ違《ちが》う形になりましたが（苦笑）

キャラクターありきではじまったこの『巫女華伝』、今までの自分にはなかったキャラに挑《ちょう》戦《せん》したり、念願のもふもふ（ふわふわ？）を活躍《かつやく》させられたりと、書いている間とても楽しかったです。

読んでくださった方にも楽しんでもらえたら、と思います。

イラストを担当してくださった雲屋《くもや》ゆきお様。いただいたラフの、格好いいのに軽い紫苑とかわいいのにクールな瑠璃に、テンションがあがりまくりでした。さらに、想像以上の美形な翡翠に「しまった、もっと活躍させればよかった」と悔《く》やんだり……。素敵《すてき》なキャラにしていただいてありがとうございました！

また、担当様方にもお礼を。旧担当様、前作から今までありがとうございました。いつも的確な指摘《してき》に助けられていました。そして、新担当様。まだまだ至らない点もありご迷惑《めいわく》をおかけするかと思いますが、これからよろしくお願いします。

最後に、この本を手にとってくださった方々にたくさんの感謝を。

今までのヒーローとはすこし違ったタイプの紫苑ですが、いかがだったでしょうか。瑠璃ともども可愛《かわい》がっていただけたら、作者としてこの上ない幸せです。

それでは、願わくはまた皆様《みなさま》とこうしてお会いできる機会がありますように……。

岐川新

「巫女華伝　恋の舞とまほろばの君」の感想をお寄せください。
おたよりのあて先
〒102-8078　東京都千代田区富士見1-8-19
株式会社KADOKAWA　角川ビーンズ文庫編集部気付
「岐川　新」先生・「雲屋ゆきお」先生
また、編集部へのご意見ご希望は、同じ住所で「ビーンズ文庫編集部」
までお寄せください。

巫女華伝《みこかでん》　恋《こい》の舞《まい》とまほろばの君《きみ》

岐川《きがわ》　新《あらた》

角川ビーンズ文庫　BB70-21　20193

平成29年2月1日　初版発行

発行者――――三坂泰二
発　行――――株式会社KADOKAWA
〒102-8177　東京都千代田区富士見2-13-3
電話 0570-002-301（カスタマーサポート・ナビダイヤル）
受付時間 9:00～17:00（土日 祝日 年末年始を除く）
http://www.kadokawa.co.jp/
印刷所――――暁印刷　製本所―――BBC
装幀者――――micro fish

ISBN978-4-04-105280-8 C0193 定価はカバーに明記してあります。

廻《まわ》りはじめた、運命のグランド・ラブロマン!!
赤き月の廻《めぐ》るころ
岐《き》川《がわ》新《あらた》
イラスト／凪《なぎ》かすみ
〈シリーズ一覧〉
☆紅蓮の王子と囚われの花嫁
☆二人の求婚者
☆異国の騎士は姫君を奪う
☆なくした記憶のかけら
☆もう一人の花嫁候補
☆蜜色の約束
☆奪われた王位
☆二人きりの婚礼
☆月明かりの誓い
☆祝福の花嫁［短編集］

角川ビーンズ文庫

平安うた恋語《こいがたり》
岐川新
イラスト／このか
危険だらけな入内の行方は――？
和歌が紡ぐ平安恋物語！
今を時めく藤原氏の娘である茜は、忌み子とされる双子の妹。似ていない美しい姉・照子の入内が決まったため、お付きの女房として正体を隠してついて行くことに。しかし和歌が苦手な照子の代わりに、帝の主催する宴に出席することになって？
好評既刊
①花嵐と銀《しろがね》の少将
②忍ぶ想いと籠の鳥
③暁闇《あかときやみ》とさまよう織姫
④結ばれた縁《えにし》

●角川ビーンズ文庫●

第16回
角川ビーンズ小説大賞
原稿募集中!
Web投稿
受付
はじめました!
ここが「作家」の第一歩!
賞金 大賞100万円
優秀賞30万
奨励賞20万　読者賞10万
締切 郵送▶2017年3月31日(当日消印有効)
WEB▶2017年3月31日(23:59まで)
発表 2017年9月発表(予定)
審査員 ビーンズ文庫編集部
応募の詳細はビーンズ文庫公式HPで随時お知らせします。
http://www.kadokawa.co.jp/beans/
イラスト/宮城とおこ